文春文庫

チャックより愛をこめて

黒柳徹子

文藝春秋

ブックデザイン　和田　誠
デザイン協力　上楽　藍
DTP制作　エヴリ・シンク
編集協力　吉田事務所

チャックより愛をこめて

はじめに

『チャックより愛をこめて』をこれから読んでいただくわけですが、まず、読んで下さるかたに、心からお礼を申しあげたいと思います。

どうも有難う。

さて、この本は、私が一九七一年の九月から、翌年の九月までの一年間を過ごしましたアメリカから、日本にむけて送ったいろいろな文章を、文藝春秋でまとめて下さることになったものです。

で、この本の題名が何故、『チャックより愛をこめて』というのか、ちょっとお話ししとくほうがいいと思います。

「チャック」というのは、まァ、私の仇名のようなものですが、なんで「チャック」というのかというと、私がお喋りなものだから、カバンのふたなんか開けたり、閉めたりする、あのチャック、あれを口にしたほうがいいんじゃないか、というので、「チャッ

ク」というんだろうと、デマを飛ばしたかたがありますが、真相はそうじゃございません。なんで、「チャック」といわれるようになったかと申しますと、これはだいぶ前の話ですが、私がNHKの放送劇団員になるときの試験に、朗読というのがあったんです。私は何を読んだらいいかわからないものですから、いろんな本を片っぱしから読んだあげく、芥川龍之介の『河童』を朗読することにきめたんです。

どういうわけで、それが気に入ったか、と申しますと、たくさん河童が出てくる中に「チャック」という頭のいい河童がいて、それは男だったんですけれども、いつも「チャックチャック、チャックチャック」といいながら、喋るのが面白かったんです。そして、私の朗読の印象が強かったためでしょうか、それ以来、みなさんがなんとなく「チャック」と呼ぶようになったんですが、まだ、仇名というところまでいきませんでした。でも、「黒柳」というのが呼びにくいので、みんなが、なにか違う名前で呼びたいというふうに思っていたことは確かでした。

私は、ちっちゃいときに「徹子」なもんですから、「てつびん」と男の子たちにいわれ、ひどくそれは嫌いでしたので、なるべく「てつびん」じゃないといいなァと、思っていました。「徹子」といえなくて、お名前は？　と聞かれて「トットちゃん」といってたこともあります。父は今でも「トット助」と私を呼んでいます。

そうこうしておりますうちに試験に受かり、NHKの専属となり、一年間の養成。十三人ぐらいの生徒でしたけれども、朝十時から夕方の五時まで、毎日お講義があったんです。そのときに、私は、いつも先生の隣りに坐りました。

なぜ、先生の隣りに坐るかといいますと、先生から離れたところに坐ると、どうしても隣りの人と喋るということになります。つまり私は自分自身をよく知っておりますので、わざわざ先生の隣りに坐って、けっして話ができない状態に自分を置くことによって、なんか勉強も一生懸命できるんじゃないかと思ったわけです。

たまには先生の机の上にあります懐中時計を、十五分ぐらい進ませたりして、講義を早く終らせ、授業が終りますと、時計をまたもとにちゃんとお戻しして、先生があとで困ることのないようにしたりもしてたんです。

で、話はもとに戻りますが、私、先生の隣りにおりましたときに、やっぱり離れたところにいるお友だち同士が喋っていて、いくら先生が「シーッ」とおっしゃっても駄目なんです。

そのころ、私はいまではちっとも珍しくありませんが、革でつくった楕円形（だえんけい）の筆入れを持っていました。これはまわりがグルッと、チャックになっていて、当時では非常に新製品でありまして、みんなからうらやましがられたものなんですが、その日も先生が「シーッ」とおっしゃっているのに、喋っているお友だちがいたもんですから、私は、その楕円形の筆入れを歯でくわえまして、「ジャッ」とそのチャックを閉めながら、喋っている人に「チャック」とこういったんです。

それ以来、「チャック」は決定的になったんです。だから本当は、私が喋ったんじゃなくて、よその人が喋ったのに、私が、という伝説が信じられているわけです。

……というのが長いですけど、私の仇名の由来でございます。

ただ、いまはもう私もトシになりましたんで、みなさんは大体「黒柳さん」とおっしゃいますけれども、このタイトル『チャックより愛をこめて』は、イラストレーターの和田誠さんが、私が、『話の特集』に送った原稿につけて下さったのを、この本全体になんか感じがあっているので、いただくことにしたわけです。

アルファベットだより

モノローグ〔I〕

まず最初のは、化粧品の資生堂の『花椿』に、一年間、ニューヨークから書き送った「アルファベットだより」でございます。

この「アルファベットだより」の中に写真がありますが、これはポラロイド・カメラで、いちおう私が撮りました。

私が撮りました、といっても、資生堂からポラロイドをおあずかりしたとき、「私を必ず画面の中に入れること」というお約束だったので、私が画面の中に入るということは、どなたかが写すっていうことになりまして、これがまた簡単なようでむずかしいことでございました。

というのは、誰かに頼まなきゃならないわけなので、つまり、私がその辺の人に頼んで撮ってもらうということになったんです。

ところが、アメリカの人というのは意外に親切な人が多くって、私が、たとえばお魚屋さんの店先のところで撮りたいと思い、「ここんところでシャッター押してくださらない？」っていうと、「いいですよ、もちろん！」といって、その辺のかたがとても協力して撮ってくださるんです。

ただひとつ困ることは、私と一緒にすぐ写っちゃう人がいたことです。隣りにニッコリ笑って並んだりするんで、ずいぶんポラロイドを無駄にしました。子供なんかも、すぐ一緒に並んじゃって「一枚、頂戴」なんていいました。

でも、そうもいかないので、私一人、ないしはなにか必要な物と私、というふうにお願いして撮っていただき、毎月送ったわけでございます。

アルファベットの中に、書ききれないこともたくさんありました。

でも、始める前は、アルファベットの終りのほう、たとえば、「X」ですとか、「Y」とか、「Z」なんかはずいぶん書きにくいんじゃないかしらと思いましたけれども、向こうにおりますと、案外、毎日いろんなことがあったものですから、アルファベット二十六文字、そんなに困ることなく書くことができました。

そして『花椿』をお読みになってらっしゃるかたから、感想とか、励ましのお手紙をたくさんニューヨークにいただいたのも、うれしかったことのひとつです。

それでは、「アルファベットだより」をどうぞお読みくださいまし。

アメリカ

いま私は、アメリカでこの手紙を書いております。くわしくいうと、アメリカはニューヨーク、ニューヨークはマンハッタン、マンハッタンは西七十三丁目、セントラル・パークまで歩いて二十メートルの、小さいアパートの五階の、またまた小さい部屋の、台所に近い椅子の上で、書いているのであります。

テレビの仕事と別れて、もう二カ月以上になります。日本をたったのは一カ月半くらい前ですが、ヨーロッパを廻り、最後にオランダのロッテルダム・フィルハーモニーオーケストラでヴァイオリンを弾いてる弟に二年ぶりで逢い、生まれて八カ月の彼の息子のお守りを十日ほどして、やっと一週間まえに、このニューヨークにたどりついた、というあんばいなのです。これから私は、ここに一年いるつもりでいます。その間に、毎月「アルファベットだより」をお送りします。一年は十二カ月で、アルファベットは二十六ですから、Aから始めて毎月、二つずつ、時には三つ、お送りすれば、だいたい一年でZまでいく、という計算になるので、それで「アルファベットだより」としたわけなのです。

さて、何故アメリカに来たのか、ということを、最初にお話ししたほうがいいと思って、Aはアメリカにしました。それには、まず私がどうして女優になったか、ということから始めましょう。

私は「女優になろう」なんて、だいそれた望みなど持ったことは一度もなく、自分とは無縁の職業と思っていました。ところが、ある時偶然に、人形劇を見ました。大人の人たちが指人形を動かしながら、歌ったり喋ったり汗だくになってやっています。その頃、私はオペラ歌手になるべく音楽学校に入ったのに、ちっとも声はよくならないし、曲も込みいってくると間違えてばかりいるしで、オペラ歌手になれる望みはまったくなく、しかも卒業は近づくで、なんとなく憂鬱な気分でいたのでした。人形劇を見て喜ぶ子供たちを見て、結婚して母親になったときに、こんなふうに上手に話のしてやれるお母さんになりたい、とふと思いました。

その直後に新聞で、NHKが放送劇団員を募集していることを知り、それなら、子供に話をするやりかたを教えてくれるに違いないと、なんとなく試験を受けたのです。人生とは不思議なものだと思います。いい母親になりたい、とただそれだけの気持で受けた試験だったのに、いっこうに母親にならず、いつのまにかこんなニューヨークのアパ

Sale!
OSTRICH
Sale!
MARIBOU

日本では見かけられないニューヨークのリボン専門店

ートに一人で住むことになるのですから。

さて、試験にパスして、NHKの専属になってからの十五年間、とにかく一生懸命やってきました。でも、なにによらず一生懸命やるとくたびれるし、そのことだけにかかりきっていたのですから、ほかのことにゆっくり目をむけたり、新しい何かを常に吸収する、というチャンスはあまりないわけです。そこで私は、一年くらい前に、しばらく仕事を休んで、ひと息いれようと決心しました。ひと息いれるのには、アメリカじゃなくて日本にいても、またよその国でもよかったのですが、まるまる仕事から離れるのと、生活を少し変えてみるためには、やはり日本から出たほうがよさそうだし、言葉の関係とか、友だちがたくさんいるということで、いちおうアメリカにしてみました。これだって絶対ここというわけじゃないので、途中でよその国へ引越してもいいし、というような、いたって自由な考えで、来てみました。

私は今度のこの決心を、汽車がレールからちょっとはずれて引込み線に入るのだ、というふうに考えています。引込み線にじーっと止まっている汽車は、時に寂しげに、またレールを走ってる汽車からすると置いてきぼりをくっているように見えます。たしかに寂しかったり心細かったりもするでしょうけど、案外、いままで急いで走ってるときには気がつかなかった景色を発見したり、新しいことがまわりで起こったりで、自分なりに居心地よくしていられるかもしれません。

とはいうものの、知らない土地で、しかも悪評高いニューヨークに、生まれて初めてのアパート生活を始めようというのですから、やはり相当の度胸がいるとは思っています。というわけで、長くなりました。前説は短いに限ります。では、AのつぎはBにまいりましょう。

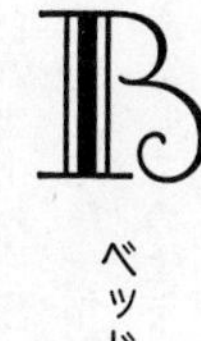

ベッド

ベッドといっても、いまはやりの×××シーンとかいうものではなく正真正銘の寝床のことであります。小さい部屋とはいっても、アパート難のニューヨークの、しかも、こんな街の真中に見つけられたということは奇跡に近いのです。でも何故か、家具なしなのであります。そこで、なにはさておいてもベッドを手に入れなきゃ、と早速行動を開始しました。

くわしい人に聞いたら「どうせ来年、日本に帰るのなら、上等のを買ってもつまらないから、貸し家具屋がいいんじゃない？」「へーえ、貸し家具屋か！」と感心しながら、そういう店に行ってみると、なるほど、ザーッと家具が並んでいます。ベッドも、シングル、ダブル、ソファーベッドに、ベッド兼用長椅子と、よりどりみどり。ところがよく見るとどれも新品なのですが、そのデザインというのが、どれも安物をなんとなく高く見せている、といった趣味の悪さがチラリとうかがえ、どうも感心しない、という代物。それにしても、いったい、いくらくらいで借りられるのだろうか……。

ネクタイをきちんとしめ、愛想はいいけど、どこか気の許せない小父さんが、シングルベッドをなでながらいう。「一カ月、十ドルで結構。もし買うなら即売もしてますよ。百八十ドル……」。「なるほど」と私はバッグから、小さい手帳と鉛筆をとり出す。知らない土地に一年もいようというのだから、態度もおのずとしっかりしてきて、ちゃんと計算してみようというわけです。「えーと、買えば五万九千円。借りれば月に三千三百円。一年で三万九千円か……」。でもこれだけじゃ足りないから、あと椅子にテーブルにじゅうたんに……なんていうと、最小限でも、月に七十ドル、一年で二十八万円。「えっ！　ただ借りるだけで？　しかも、こんな趣味の悪い家具にかこまれて一年も暮すの？　こりゃいやだ！」と、私は「貸し家具屋？　へーえ」と感心したことも忘れて、早々に店をとび出しました。

ほかの店もだいたい似たりよったり。さりとて、趣味のいい家具を新品の店屋で買う

となったら、ロックフェラーか、オナシスでも探さなきゃ。

そこで、いまはやりのアンティクのショップ、つまり骨董屋、昔流にいえば、古道具屋を探してみることになりました。偶然見つけた店が、テレビ局や映画会社、またコマーシャルフィルムなどに、あれこれ「小道具」として家具を貸してる、という、とても変わった大きい店で、私が女優であるといったら、ひげをはやした店主はすっかり親近感をおぼえたらしく、なんでも安くしてくれる。私がベッドが欲しい、というと「じゃ、これがいいでしょう」と、店の表に止めてある車の中の、クラシックでたっぷりとゴージャスなベッドを指さしていいました。「いいけど、いくら?」「一万九千円でどうです?　新しいマットレスつきで」「安い！　買いましょう」「ただし、これからコマーシャル撮るのに持って行くから、明日の朝、届ける、というのでどうです？」「えっ⁉」というような話し合いの結果、その日の本番が終り次第に夜、運んでくれる、ということで話がつきました。どんなシーンを撮ることやら。でも来年、いらなくなった時に、傷つけてなきゃいい値段でひきとってくれるという親切な申し出もあり、結局、買うことにしました。

それ以来、私はそのベッドに寝ているわけですが、寝心地は結構であります。

明日には、テレビドラマで使った緑色の長椅子と、コマーシャルに使ったじゅうたんが届くはずです。

願わくば「撮り残しがあったから、ちょっと返して！」なんて、ベッドを持っていかれるなんてことのないことを！

セントラル・パーク

写真でごらんのように、お正月あけのセントラル・パークには、こんなに雪が積っています。この写真はけっして露出過度なのではなく、どこも真白なのでこんなボンヤリ

したでき具合になってしまったのです。これを撮ったときは、もちろん零下。零下も七度か八度くらい。白黒なのでそう寒そうには見えませんが、カラーなら、耳も鼻も真赤で、顔の皮がつっぱって思うようにいかず、必死で笑ってる、というのがおわかりになったと思います。

それにしても、私はセントラル・パークが好きです。ニューヨークに住いを決めた本当の理由は、もしかしたら、毎日、ここに来られると思ったからかもしれません。私がここを好きなわけは、なんといっても広びろとして、美しいからです。いろんな種類のたくさんの木、手入れのゆきとどいた芝生や池や橋、そして形のいい丘とくぼみと、どこまでも続く舗装された歩道など、これが世界一の大きい街の真中にある公園とは、とても信じられないくらいです。

それと、リスや鳩などがたくさんいることも気に入ってます。リスはどんなに人が居てもこわがらずに、チョロチョロ、そのへんを走りまわって、たまには人間に近づいて来たりもします。この写真を撮っているときも、ねずみ色の小さいヤツが、しっぽを細かくゆすりながら雪の上を走って来て、ごく近い木の根もとで、何かたべていました。

またセントラル・パークのよさは、どの季節もそれなりにいい、ということです。春は、どこも美しいのが当然ですが、昨年の春に来たときは、まわりの車の排気ガスにも負けず、どの木も青あおとした葉をつけ、若わかしく、空気までが澄みきっているように見えました。

日曜日のセントラル・パークは、犬を連れた人、自転車に乗った子供、ゆっくり歩く老人などで、にぎわうのですが、春ともなると、特に大勢集まります。ヒッピー風の男の子たちが、ギターを弾いて反戦歌を歌ってるまわりに、ここに来れば、いちばん新しいファッションが見られるといわれるくらい、個性的で珍しい洋服、メーキャップの女の子たちがたくさんむらがって拍手したり一緒に歌ったりしています。反戦歌といっても、どなったり演説風なのではなくフォーク調で、日曜日に教会に行くかわりに、セントラル・パークで礼拝は如何？　といった感じ。年とった人もいっぱい彼等をとりかこ

んで拍子をとったり、うなずいたり。お金が一円もかからず、結構楽しんで、たっぷり半日は過ごせるところ、それがセントラル・パークです。

また、昨年の初夏に来たときは、この中の野外ステージで、オペラを観賞することができました。ニューヨーク市長のリンゼーさんの肝いりで、メトロポリタン・オペラの歌手が総出で『カヴァレリア・ルスチカーナ』を上演しました。

オペラといっても衣裳をつけないで、演奏会形式でしたが、百人近くのオーケストラもつく、とあって、相当の人出でした。もちろん、入場料はタダ。見渡す限りの芝生の真中に、特別あつらえのステージがポンとあり、どこかそれが見えるところに、すわればいいわけ。すわるといっても椅子はありませんから、日本ならさしずめ、ゴザ持参、というところでしょうが、こちらのこととて、そんないいものはありませんので、毛布とかレインコート、新聞紙などをしいて、すわったり、ねっころがったりしながら鑑賞という具合。

いかにもクラシックファンという中年者もいれば、髪の毛の長い男の子たちも、白い人も、黒い人も、黄色い人も、犬も、みんな一緒に楽しみました。夜の八時に始まったので、頭の上の空には星がきらめき、時どき飛行機の赤と黄色のライトがチカチカとそこを横切っては消えていき、窓の明かりが、宝石をちりばめたように見える摩天楼の群れは、高く高くのび上がってパークのまわりをとりまいて、その中で聴く一流の歌手の素晴らしいオペラ……と絵に描いたようなロマンチックな晩も、ここにはあるのです。

そして、いま私は、真白になった冬のセントラル・パークを歩いています。木はどれも裸になって雪がはりつき、歩道に落ちた小枝は、まるでできそこないのベッコウ飴のように氷が固まって、冷たそうに見えます。おまけにすべってころぶと、カチンカチンに凍った犬の糞の上にしりもちをつく、という悲しいありさまですが、それでも私は、ここに来ると、幸福な気分になるのです。

毎日の散歩道の途中に、子供がソリですべるのにちょうどいい丘があり、私は、今日

も六、七人キャアキャアと、陣笠をさかさまにしたようなプラスチックのソリ（と呼ぶべきか？）にうつぶせに乗って遊んでいるのをしばらく見ていました。写真（23ページ）の街燈の左側に亀の子のように見えてるのがその中の一人です。近く、私もあの陣笠をマーケットで買って、やってみよう、と思っています。

そんなわけで、私はほとんど勉強のない日はお昼頃、散歩に出かけます。ただし、たったひとつ、このセントラル・パークで残念なことは、日が暮れてから、この中を一人で歩いたら、どんな恐ろしいことが起こるか、想像もつかない、ということです。

「日本は、こんないい公園もないかわりに、それほど恐ろしいこともないから……ニューヨーク市長のリンゼーさんも東京の治安はいいと感心したくらい。……結局、どっちが幸福なのか……」と、このあいだも、こんなことを考えながら歩いていたら、突然とても巨大な、にくたらしい黒い犬に正面からぶつかり、私は死ぬほどびっくりしました。牛かと思ったもので。犬のほうも、おどろいてましたが。

それ以来私は、昼間でも、四方八方に気を配り、用心しながら歩くことにして、今日も半日、何事もなく無事に過ごしたのであります。

ダンサー

ミュージカル、ショウ、バレー、の本場だけあって、ニューヨークのダンサーの数は相当なもので、したがって先生もたくさんいるわけで、いたるところにダンス・スタジオがあります。それでも、やはり自分にあった、そして教えることの上手ないい先生を見つけるのが大変なことは、どの国も同じで、そういういい先生のスタジオはいっぱいです。

私はダンサーになるわけではありませんが、俳優のための肉体訓練のクラスがあることと、いろんな人の推薦により、ルイジ、という先生についてドタバタとやっております。

ルイジ氏はモダンダンスを教えるのですが、ある程度、彼のテクニックを身につけると、あとは生徒の個性にまかせる、といったふうで、本職ダンサーのレッスンを見ていると、ルイジ式基本をやるのでも、レコードにあわせて、前方の大きい鏡を見ながら、それぞれ自分流に研究しながらやっています。

その間、ルイジは、スタジオの隅にたくさんある鉢植に水をやったり、ダンサーの間をかけまわる彼の小さい犬（どっちが前か後かわからないが、走るとわかる）をつかまえたりで、あまり見ていないように見えますが、それでもいい先生といわれるのには、何か秘密があるのでしょう。

ところが、現在ニューヨークでは八五パーセントくらいのダンサーが失職しているそうです。どうやって暮しているのかというと、パートタイムで、レストランのウェイターやウェイトレス、デパートの売り子などしながら踊りの仕事を探し、その間も、なんとか月謝をひねり出してレッスンを続けていくのだそうです。

ダンサーになるまでも、私の友人を例にとると、レッスンを毎日八時間、そして、三年間ぶっ通しに続けて、やっと人前で踊れるようになった、という大変さなのに、プロになったらなったで、また仕事探し、という苦労が待っているのです。

それでもダンサーになる人があとをたたないのは、やはり「踊りたいから」だそうであります。それはニューヨークだけの現象ではなく、日本にだってありますね。「踊る阿呆に見る阿呆、同じ阿呆なら踊らにゃソンソン」って。英語に訳して、こっちのダンサーに歌ってあげようと思いましたが、とてもむずかしいのでやめました。

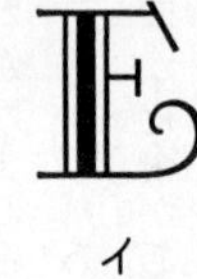

イングリッシュ

当然のことではありますが、アメリカにいるかぎり、すべての会話は英語でおこなわれるわけであります。しかも、まったく当然のこととはいいながら、テレビも、芝居も、ラジオも、映画も、新聞も、週刊誌も英語というのは、ちょっと多すぎるのではないか、とこの頃考えています。「ああ、今日はひとつも日本語を喋らなかったなあー」と、夜、寝るときに思うことがよくあります。

もちろん、日本人のかたとお話をしたり、『座頭市』といった日本の映画も見られるし、日本のお料理屋さんに行ったりすれば、日本語を話したり聞いたりできるわけです

けれど、いまのところ、ほとんど毎日、日本語ナシ、の生活です。というと、いかにも英語ができるみたいですけれど、そんなことはないのです。こっちに来たとき、「英語の学校に行くか、または、先生につこうと思う」といったら、みんなが、「毎日、外国人と会話をしていれば、自然に習えて、それが一番いい！」などというものですから、あまり語学の勉強も好きではないところから、早速、自然にやることに決めました。

話はちょっとそれますが、「外国人と会話を……」と書きましたが、よく考えてみると、こちらで外国人といえば、私のことでして、ひと頃よく流行した「変な外人」というのは、私のことになるわけです。

そんなわけで、英語の学校には行っていま

せんが、演技の学校の先生の、おすすめに従って、「スピーチ」という勉強をしております。これは、英語のアクセント、発音、英語風声の出しかた、などのコーチで、ろくに英語もできないのにアクセントでもないのですが、発音と同じくらいに、アクセントは重要で、驚いたことに、これが悪いと、英語が通じないのであります。それは日本語でも同じことですが、日本語というのは、比較的アクセントの強さ弱さがおだやかですが、こちらは顔や建物が立体的なのと同じように、アクセントも相当に立体的なのです。

私は小学校で少し英語を習ったのですが、戦争中のことで、すぐ中止になってしまい、クラスで一番頭のいい男の子に個人的に、「徹ちゃん、狐はＦＯＸだよ」などと教えてもらったりした程度で、女学生になりました。

有難いことに、私の学校は香蘭女学校といってイギリス系のミッションスクールだったので、たくさんのイギリスの先生から、本式の英国風英語を習うことができました。習うことはできても、私はちゃんと習わなかったから、いま、困っているわけなのですが、それにしても、外国人と話す、という訓練をさせていただいたことは、よかったと思っています。

その後、音楽学校で、英語のほか、イタリア語、ドイツ語をやったのですが、どれも、モノになりませんでした。歌に必要な言葉は仕方なく憶えましたが、それは「愛して」

とか、「私の胸に」とか、「もっと強く」なんていうことばかりなので、うっかり喋ったら大変なことになります。もっとも、イタリア人か、ドイツ人の恋人でもできれば、都合がよかったのかもしれませんが、生憎と、そんな人は現われませんでしたので。

さて、女優になってから一念発起して、フランス人にフランス語を習いました。これは一週間に一回でしたが、五年間も続きました。しかし、びっくりしたことに私は、フランス語はまったく喋れないのです。というのは、フランス語だけでなしに、フランスの文化も習おうという生意気な発想だったために、フランス語ができなくては文化もなにも通じないので、親切なフランス男性である先生は、文化のお話をしてくださるときには英語、ということになったわけです。

おまけにフランス語の動詞の活用とか、文法をまったく私は勉強しなかったので、いつまでたってもフランス語は進まず、永久に私たちは英語で話し、結局、フランスなまりの英語を五年間習った、ということで終ったのであります。

というような結果、いまニューヨークで「あーあ」なんて英語の洪水の中で唸っている毎日です。自然に習うといっても、そう簡単にはいきません。日常の用がたりるとか、ちょっとした世間話などはできても、本当にその国の生活とか文化などがわからないと、一緒になってお喋りする、というか、私たちが日本語で話し合うというようなわけにはいかないのだと思います。

それに新しい言葉も、どんどんできていますし。とはいうものの、そんな面倒なことを毎日考えて暮しているわけではありません。たしかに自然に少しずつ憶えてはいるようです。

それと、友だちのアメリカ人が、みんな私の先生になったつもりらしく、いちいち間違いを直してくれるのです。この間も、長距離電話をかけてきた人が、私の英語を直したので「電話料がもったいないからやめてください」と頼んだくらいです。

グアム島にいらした横井庄一さんは、日本語を忘れるといけないからと、蛙に餌をやりながら話し続けていらしたそうですが、ニューヨークでは、その心配もなさそうです。こちらでの日本人の威勢は、たいしたものですから。

それに、この一週間は、札幌オリンピックの中継が、毎日テレビで見られるので、解説は英語ですが、現地の音の中から「頑張れよ!」とか、「しっかり!」なんて日本語が聞えるのでなつかしく、私も一緒になって「頑張れよ!」などと叫んでいます。

けっして負け惜しみではありませんが、自分の国の言葉はステキです。そして自分の国の言葉があり、それを話せる私は幸福だと、いろんな人種のいるこの国にきて、しみじみ、わかったのです。

演劇の先生のスタジオで、同級生と役について話をする

F　フード

ニューヨークで、「食物(たべもの)」に関して困ることは、まず無いといっていいと思います。お金が無けりゃ困るのは、どこにいても同じなのですから、それを別にすれば、結構、住みよい国のようです。

よく、アメリカの食物はまずい、という説がありますが、ある程度のお金を払えば、そんなひどいことはないし、たくさん払えば、本当においしいものがたくさんあります。ただ日本のように、五十円のラーメンとか、百円の親子丼といったように、安くて、どうまずく作ったとしても、結構たべられて、お腹がいっぱいになる、といった種類のものはありません。ですから外国人が、こっちの日本レストランで、カツ丼や天丼を好んでたべるのがよくわかります。

そんなわけで、日本料理は、このところ盛んで、このマンハッタン界隈だけで、百軒はあるという話ですから。上等のとこ、立喰い形式の安いとこ、よりどりみどりです。しかも、面白いことに客の八〇パーセントは外国人で、スキヤキ、天ぷらといった有

名なものだけではなしに、お鮨、野菜の煮つけ、焼魚、ぬた、それからさっきいった丼物など、なんでもたべて、「日本料理はおいしくてたまらない！」というそうです。

自分でお料理するとなると、とても経済的です。ニューヨークの、ど真中のマーケットのほうが、野菜でも、お肉でも、お魚でも、東京より安いくらいですから。

また日本の食料品屋さんが私の家から五分のところにあって無いものはまったくない、という豊富さです。

強いていえば、「どじょう」だけが無い、という話ですけど。おまけに、このお店では、お豆腐、しらたき、こんにゃく、おからなど、威勢のいいねじり鉢巻のお兄さんが朝早くから作っていますから、日本にいるのと変わりません。

それと、あらゆる国のお料理がたべられるというのも、いいものです。

そんなわけで、困ることはないのですが、女性にとって、ひとつだけ、こう食物が豊かでは太る、という心配があるのです。こちらの女性は、肉づきのよろしいかたが多いのですが、ケーキでも、ステーキでも巨大ですから、自然人間も巨大になるのでしょう。

そのため「太らない食物」というものも普及してはいますが、女性は、やはりどの国でも同じで「明日から減量するから。今日でおしまい！」といいながら、とめどなく、たべている人がほとんどです。

私もこちらの女性に歩調をあわせて、たべて、これ以上フードると（ひどいしゃれですが）日本に帰ってテレビの画面から、はみ出した、なんてことになったら大変。

では、明日から、気をつけることにいたしましょう。

ガール

ニューヨークで見る若い女の子は、本当に若い果物という感じがします。私のおつきあいしている家にも、たくさん年頃の女の子がいますが、みんな、のびのびと健康的な身体つきで、見ているだけで「若いって、なんていいんだろう」と思わせてくれます。なんにもお化粧していなくて洗いっぱなしなのに、頬っぺたはピンクで、そばかすのある子もいるけれど、みんな輝くような肌で、見れば見るほどきれいで、清潔です。

この年頃の女の子のファッションは、といえば、揃って髪の毛は真中からわけて長くたらし、おへその出るくらい短いセーターにブルージーンズ、と決まっています。そして靴は、ウォーキングシューズというのか、茶色の革でできていて、底などタンクのキャタピラのようにゴロゴロしているのか、または日本でも戦後、流行した高いヒールの紐などついているのをはいています。

そして、彼女たちは、この格好で、パーティにだろうと、ディナーにだろうと出かけようとするので、母親や父親と衝突するのです。母親にしてみれば「こんないい年頃の娘が、昔のようにピンクのリボンなんかつけて、女の子らしいスカートなんかはいてくれたら、どんなにうれしいだろう。でも、そんな、だいそれた望みは持つまい。せめて、その茶色の兵隊のようなドタ靴と、しみだらけのジーンズだけは、ぬいでもらえないかしら！」と思い、また父親は「そんなジーンズに紐つきのハイヒールは、あわないからよしなさい。その靴が流行した頃のファッションはよく知っているが、髪の型といい、

オーバーといい、スカートといい、もっとずーっと女らしいものだった。お前のは、醜いというんだよ。ぬぎなさい！」と叫ぶのです。

私なんかも、まあ、もうちょっときれいな格好しても悪くないな、と思うのですが、彼女たちにしてみれば、なぜこれが「美しくない」といわれるのかわからない。「これで、きれいじゃない？」と信じて疑わないのですから、それよりきれいなのを着せるということは、無理なことかもしれません。

それでもとにかく、二十歳くらいまでの女の子は、見ていても飽きないほどきれいです。でも昔から「花の命は短くて」という歌にもあるように、残念なことながら、二十歳を越える頃から、肥り始め、顔からはつやと、生き生きした若さが消えて、急に中年に近づい

セントラル・パークのベンチには一日中お婆さんたちが物見高くすわっている

ていくように見えます。もちろん、これは人にもよりますし、また中年が悪いというのでもなく、内面の美ということはあるのですが、いちおう、見たところをいえば、大部分がこうなるわけです。

そのかわり逆に、こっちのショウ関係の人や女優の中には、日本人がかなわないほど、すばらしく若い人たちがたくさんいます。

例えば、『ルーシー・ショウ』のルシール・ボールは、相変わらず穴に落ちたり、ゴーゴー踊ったりと、テレビで活躍していますが、もう六十歳だそうですし、アレキシス・スミスという、私が中学生の頃、すでに中年だった映画女優が、いまブロードウェイに出て、『フォーリーズ』というミュージカルの中で、足を全部出して、チャールストンやいろいろのダンスなどを踊るのですが、若わかしくて、魅力たっぷりです。また、キャサリン・ヘップバーンも舞台で見れば映画より若く、セクシーで、私の倍くらいのスピードでセリフをいいますが、六十四、五歳にはなっているそうです。

ということは、気をつければ若くいられるということなのでしょうか。でも一般の女性の若さを失っていく速度は早く、もちろん、若さを保つための本、カロリーの本、やせるための本、そのための先生と、いろいろあるようですが、どうもふせぎきれないようです。でも、こちらの旦那さんは、どんなに奥さんが太ってしまってシワがあろうと、彼女たちにいい続けます。

「マイ・ガール！　ご機嫌はいかがかね！」

ホース

セントラル・パークに、リスやいろんな鳥がたくさんいることは、前にお話ししましたが、このニューヨークには、馬もたくさんいます。それも、おまわりさんを乗せて、パカパカと、自動車と並んで、銀座通りのような賑やかな大通りを歩いているのです。

一頭のときもありますし、二、三頭連れだっているときもあります。あっちこっちでよく見かけるのですが、何をしているのでしょう。

そこで、この間、ブロードウェイの通りで、手帳をひろげて何やら書いている馬の上のおまわりさんに質問してみました。

「失礼ですけど、なにか見張ってらっしゃるの？」

答え「あなたが美しいので見張ってるんですよ」

「……………」

話はそれますが、こちらは、おまわりさんでもこの調子で、すぐお上手が口から出るのですから、ましてや、プレイボーイだの、世馴れている人の口から、オートメーションの機械のように、ほめ言葉とか、愉快な言葉が出てくるのはあたりまえですし、喋るのが商売のプロの司会者などにいたっては、のべつ人を笑わせて、つきることがない、というのも、驚くことではないのかもしれません。

あまり、しょっちゅうなので、そのときは笑っても、あまり憶えていませんが、この間も、こういうことがありました。

中年の男の友だちから、ディナーに誘われたのですが、その夜は芝居を見に行くことに決めてあったので断わり、芝居を見て帰って来たところに、彼から電話があり「芝居どうだった?」そこで「脚本があまり上できとはいえないみたい。とにかく百パーセント満足というわけにはいかなかったわ」すると、すぐさま「だから、今晩、僕と一緒にいれば、百パーセント満足できたのに!」といいました。

とりたてて、びっくりするほどお上手、というものではないけれど、瞬間的にこういうものが出る、というのは訓練によるものか、国民性によるものか。もっとも日本でも、森繁久彌さんという、外国人をうわまわるほど、お上手のかたがいらっしゃいますけれど。

それはともかく、美しいといわれた私は、馬の顔の前で、「オホホホ」と笑ってから、そのおまわりさんがこわくないと思ったので、いろんなことを聞きました。

要するに馬でパトロールをしているのです。車が混む所ではパトロールカーより場所をとらず、背が高いからあたりがよく見え、犯人などを追跡するときは、どこまでも追いかけていかれ、おまけに格好もよく、さらにいいことは、「私が乗馬が好きなことであります」と最後につけ加えました。

その他、駐車違反の車を見つけるのも、どうやらこの乗馬おまわりさんの役目と見うけました。ついでにいうなら、このマンハッタンをパトロールする馬は二百頭。そして常時、七十頭はこのマンハッタンをパカパカやっているそうです。馬のパトロールとい

うのも、やはり西部劇の国だからでしょうか。

いずれにしても、世界一暴力沙汰の多いこのニューヨークで、のんびり馬にまたがって「あなたが美しいので見張ってるんですよ」なんてのんきなことをいっているおまわりさんのいるこの国も、相当に変わってて、面白い国だと思います。

おまわりさんとお別れのとき、私は「サンキューベリマッチ！」といいました。ちょっとハンサムなそのおまわりさんは、ていねいに馬の上から頭を下げ、「ドウイタシマステ！」と日本語でいってにっこり笑いました。サービスもここまで行きとどけば完璧！といったふうで私は感心したのであります。

Ⅲ アイスクリーム

アメリカは、なんといっても、甘いものの豊富な国で、アイスクリームは、その代表的なものです。十年前に、初めてこの国に来たとき、私はアイスクリーム専門店、というのが、たくさんあるのに、とても驚きました。

日本でもこの頃は、こういうお店もできて、種類も随分あるようですが、私の若いときは、ヴァニラと、チョコレートくらいしかありませんでした。私のいまいるアパートの近くに、わりと有名なアイスクリーム屋さんがあるので、今日、通りがかりによって、どのくらいの種類があるのか聞いたところ、やはり本場だけあるとびっくりしました。目の前に並んでいるアイスクリームは、五十種類。そして、この店の本社には、なんと、五百種類あって、毎週、二種類ずつ、新しい味を、どれかと交換して置いて行くのだそうです。五百種類のアイスクリームを考え出す人も考え出す人だけど、きっとそれをテストしてたべてみる係がいるに違いないから、その人も大変だと思いました。

メニューを見て、日本で珍しいのはどれかな？　と考えましたが、「風船ガム入り」

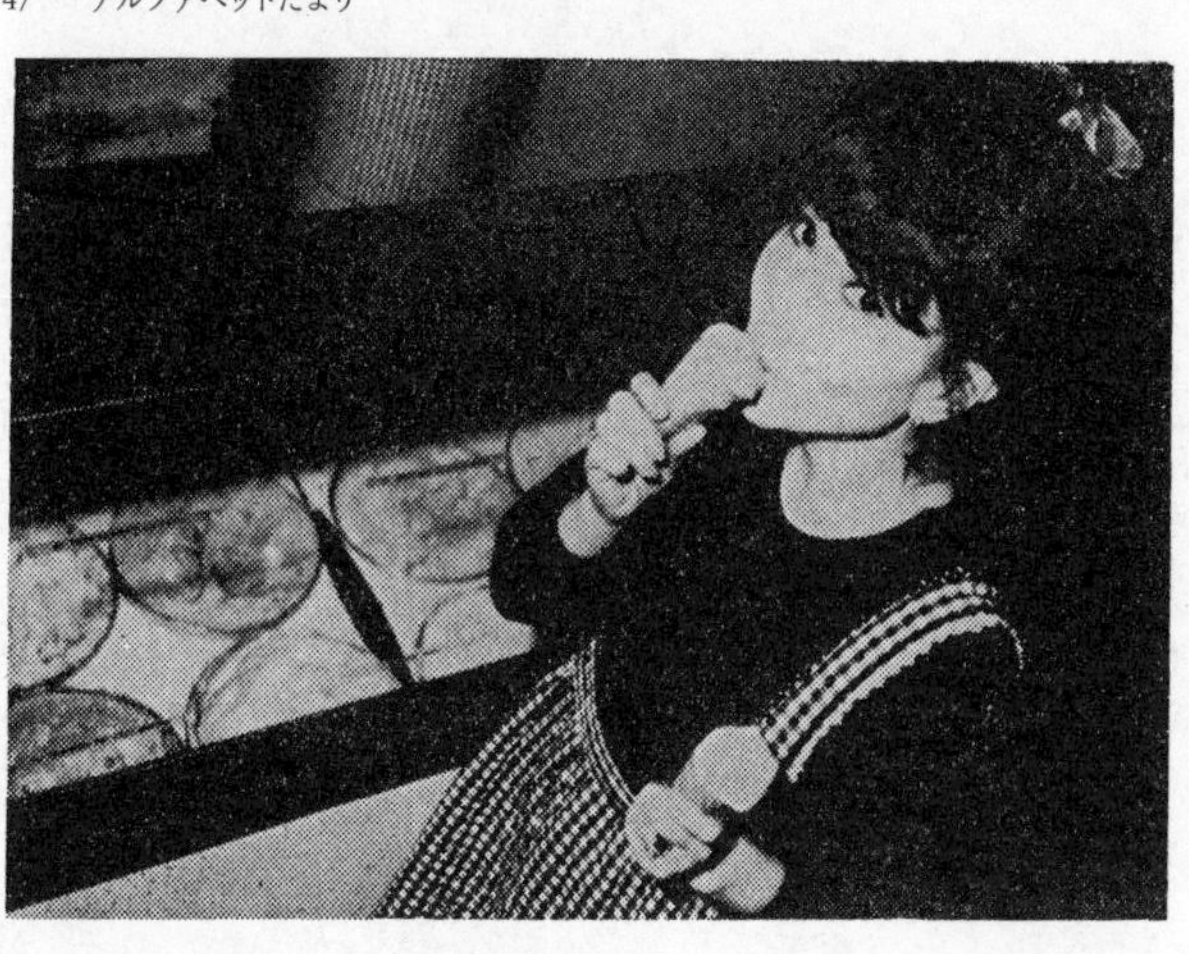

というのは、やはり目新しいほうじゃないでしょうか。メニューに説明がついています。「信じられますか？　本当の風船ガムが入っています。噛んでください」。ピンクのアイスクリームの味は、なるほど風船ガム。中に、水色や黄色、茶色などの柔らかいガムがプツプツと入っています。そして、クリームをのみこんだ後、ほんの少しのガムが口に残ります。ただし、ふくらませて、パチンとやるほどは入っていませんし、入っていたら大変です。

「ブランディ・アレクサンダー」というのは、「特別製法によるフランス本場のブランディ入り」。色は薄いコーヒー色で、味は確かにブランディそのもの。「酔っぱらいません？」と売り子のお兄さんに聞いたら、笑われました。また「ラム酒と乾しぶどう入り」とか「デンマークのチーズケーキを、そのままアイスクリームにしました」なんて、およそアイスクリームとは思えないようなのもあります。

「西瓜（すいか）」とか「野苺（のいちご）」なんていうのは、ローズ色できれいです。世界中の珍しいナッツの入ったものや、チョコレートの小さいかけらが混っているのも私は好きです。

どんな味かを試すために、四つもコーンに入れてもらって両手で受けとったとき、お婆さんが入ってきて「お嬢ちゃん、それ全部一人でたべたら、お腹をこわしますよ」といいました。私はお嬢ちゃんでもないし、四つ全部まるまるたべる気はないし、たべたところで、こわれるようなお腹でもないし、と思ったけど「はい」といいました。

お婆さんは満足して「年よりのいうことを聞くのよ」といい、続けて「これをたべると、太る太ると思いながら、この店の前を素通りはできないじゃないの。貴女は何を買ったの？　風船ガムに、マンゴウとメロンのと、ブランディと西瓜。どれもいいわね。ちょっと、お兄さん。（カウンターの後ろのお兄さんを呼んで）あなたの推薦するのはどれ？　この間のヤツ、ものすごく気にいったけど、今日はね……」と永久に続くので、

私は彼女にお別れをいって外に出ました。

四つの味をかわりばんこにナメナメ裏通りを歩いているとき突然「アイスクリームっ

て、もうせんたべたことがあるわ。どんな味かっていうとね、甘くて、冷たくて、口の中でとけるのよね」と、アメリカの空襲をさけるため、真っ暗な防空壕の中にしゃがんで、大豆の煎ったのをかじりながら、友だちと話をしてた小さかった私が、目に浮かびました。私の手に持っているこれを、あのときの私にたべさせてやったら、何ていったかな？　と考え、生きていて本当によかったと思いながら、私はアパートに帰ったのです。

J　ジーザス・クライスト

アメリカでは、いま、イエス・キリストが流行（はや）っています。もちろん、イエス・キリストは、洋服とは違いますから、はやりものではないのですが、ちょっとこのところ、流行の感があるのです。

『ジーザス・クライスト・スーパースター』という音楽をお聞きになったかたも多いと思いますが、若い人たちの作った、このレコードが爆発的大ヒットをしたので、昨年（一九七一年）の秋から、これをミュージカルにしたものが、ブロードウェイでオープンしました。そして、これがまた、切符は半年先まで売り切れ、プレミアムつきでも、なかなか手に入らないという大当たり。

内容は、キリストが十字架にかかるまでの一週間を、まったく聖書に忠実にミュージカルにしたものです。若い人たちが作った（スタッフはすべて二十歳代）というから、どんな風になったのかと思ったら、筋はまったく聖書そのものなので、ちょっと驚いたくらいです。そのかわり、音楽は全部ロックで、セリフなし。初めから終りまで、全部、歌。

ついでにいうと出演者は、ブロードウェイでは珍しく、全員、マイクロフォン持ち（現在のように頭につけたり胸につけたりといった小さいものは、まだ出来ていなかった）。キリストまで持っているので、「みっともない」という意見もありますが、エレキのサウンドが大きいから、肉声では、とてもたちうちできないので、これは仕方のないことだと思います。それと、キリストを裏切るユダに、黒人を持ってきたところが、やはり、新しいところではないでしょうか。

舞台装置が評判ですが、これはレコードのヒットから見て大当たり間違いなし、という見きわめのもとに始めたので、豪華そのもの。なにもかもが機械じかけです。幕があく前には幕と思っていたものが、開幕の音楽が始まると同時に、突然、後ろに倒れて、それが舞台の床になるとか、キリストを狙う人たちが乗っているゴンドラ風の乗りものは空中を走り、キリストは移動風セリ上りから現われ、最後に、はりつけになった十字架は、キリストをはりつけたまま、舞台の奥から、客席の最前列までずーっと出てきて、また、もどるとか、アレヨアレヨ、と興奮させられることの連続です。

趣味が悪いの、薄っぺらだの、金キラキンでいやらしい、だのといった意見のうずまく中で、あれだけの客を集めているのには、それだけの理由があるのだと思いました。といってももちろん、装置だけよくても人は集まりませんけれど。

出演者はみんな歌が上手で、芝居も感動的に見せ、難がありません。それにしても、これだけ人がつめかけるというのは、人はやはり「スーパースター」を必要としてるということなのでしょうか。

この『ジーザス・クライスト』の前にオープンし、これのもとになったといわれる、ロック・ミュージカル『ゴッドスペル（GODSPELL）』は、現在も、オフ・ブロードウエイで上演中ですが、これも聖書のマタイ伝からとったキリストものです。そして、これも当たっています。近く映画にもなるという話です。

町を歩く若者の中に、十字架のペンダントを首にかけてる人を、平和（ピース）マークと同じくらい見かけます。それと、昨年の十二月三十一日の大晦日（おおみそか）に、タイムズ・スクエアに新

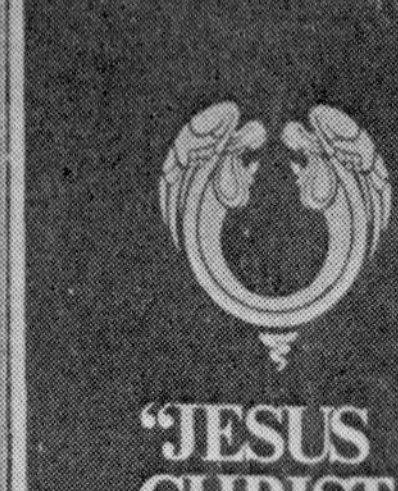
"JESUS
CHRIST
SUPERSTAR
IS A
TRIUMPH!
A STUNNING
EXPERIENCE!"
MARK HELLINGER THEATRE
51st & B'WAY, N.Y.C.

The King and I

The King and I
JONES BEACH THEATRE

TONY AWARD
MACNEE
MURRAY
SLEUTH
THE HIT THRILLER
BY
ANTHONY
SHAFFER
CLIFFORD
WILLIAMS
CARL
TOMS
WILLIAM
RITMAN
BOX THEATRE
RUBY KEELER
BOBBY VAN
HELEN GALLAGHER
BENNY BAKER
PATSY KELLY
46TH STREET
THEATRE
THE NEW YORK SHAKESPEARE FEST
NEW YORK'S PRIZE H
THAT
CHAMPIONSHI
SEASON
BEST PLAY
PUBLIC THEATER
BEST MUSICA
TWO
ST. JAMES
GOLDEN T

年を迎えようと集まった人の中に「キリストは、われわれのために死んだ」とか「キリストは、地球を救った」というようなプラカードを持った人がたくさんいて、しかも若い人が多いのが目につきました。また、ブロードウェイの通りなどで「キリストは平和のために死んだ」などという、プラカードを背中に背負って歩いている人もよく見かけます。

これは、信者をふやすためかもしれないけれど、キリストを、もう一度見直そう、という気運が見えていることは、確かなようです。

ヒッピー風の長い髪も、見れば、キリスト風に見えないこともないのです。一時は否定的に見なされていたキリストが、いま復活してきたのは、いったいどうしてなのでしょう。みなさんは、どうお考えになりますかしら。

そして今日も、人びとは、最低千五百円、最高五千円、プレミアムがつくと一万円以上にもなるという入場料を払って、キリストを見に劇場につめかけるのです。

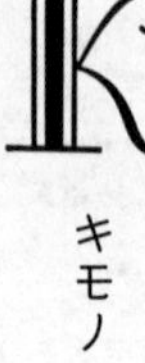

キモノ

アルファベットだよりに「着物」を入れるのは、ちょっとおかしいみたいですけど、もはや「着物」は、日本語だけではなくなったようです。

いまから十年前、アメリカに来たときは、私が着物を着ていると、「ビューティフル・ジャパニーズ・ドレス！」といわれたものですが、この十年のあいだに「キモノ！」と呼ばれるようになりました。

私は日本にいるときは、仕事で着る以外、ほとんど着たことがないのですが、外国に出るときは、なるべく着るようにしています。大荷物になるし、おまけに着るときの大騒ぎといったらありませんが、これも慣れで、はじめは振袖などを一人で着るのに三十分近くもかかったりしましたが、最近では七分もあれば着られるようになりました。おまけに着物のおかげで、どのくらいよいことがあったかわかりません。近いところでは、チャーリー・チャップリンに会うことができました。

ご存じのように、チャップリンが、アメリカを追われてから二十年ぶりに帰って来ました。そして、どんな大統領だって、このように盛大な歓迎は受けないだろう、といわれるような、大変な迎えられかたをしたのでした。

一九七二年のこと、ニューヨークで、ロックフェラー主催の大歓迎パーティが開かれ、私もＮＨＫからたのまれて、出席しました。

チャップリンが夫人同伴で入場すると同時に、二千八百人の出席者は、とび上がって拍手し、「お帰りなさい！」の声をおくりました。チャップリンは「うれしいです」といって、しばらく絶句してから、涙をふいたようでした。そして「胸がつまって、何もいえません」、をパントマイムでやり笑わせましたが、本当に、それ以上はいえないようでした。

そのあと、チャップリンと一緒に、夫人の最も好きなチャップリンの映画を二本見て、パーティは終りました。これだけの人ですから、もちろん、誰も近よれず、バルコニーの彼を遠くから見ていただけで、それでも、私は来てよかったな、と思いながら、キャメラマンと下りのエスカレーターで帰ろうとしました。

ところが、エスカレーターからちょっと下を見た私はびっくりしました。なんとチャップリンが、奥さんと、ロビーに坐っているではありませんか。見れば、周りに人影はなさそう。

「あら、チャップリンに会わなくちゃ！」

私は知らなかったのですが、あまり人が集まったので、警官が出て人を全部外に押し出し、近よれないようにした直後だったのです。目の前に、やけに背の高いおまわりさんが立っているので、胸をトントン、とノックして、「チャップリンさんに会いたいのですけど」。

警官は、私の上から下までツツーと見ると、急に尊敬した態度をとり「どうぞ」といいました。こんなときに、振袖がものをいうのです。ここで私が洋服を着ていたら、おそらく、ただのファンだと思われて、追っぱらわれたに違いありません。

チャップリンに会った印象をお伝えするなら、私が「日本のみなさんにおっしゃることはありませんか？」というと、突然、目に涙をいっぱい浮かべ、私の手を握って、「日本を忘れない、歌舞伎は素晴らしいものだった。京都！ウカイ！（鵜飼い）私がみなさんを愛していることを伝えてください。ありがとう。ありがとう」と、いつまでも、私の手を離さないから、私も、天才に手を握られてるのって、いいもんだな、なんて思いながら握られていました。

そしてチャップリンは、もう一度私に「ありがとう」というと、奥さんの腕をとり、『モダン・タイムス』のラストシーンのように、あの見馴れた背中を私たちに見せながら、長い長い廊下のむこうに消えていきました。

……とここまでニューヨークで書いて、続きはローマでございます。

いま、私はローマのホテルで、このお便りをしたためております。というのは、テレビ番組の仕事のためなのです。ところが、今日、私は、着物のおかげで損をすることもある、という初めての経験をしました。

　というのは、この番組のディレクターは恐ろしい人で、このローマの泥棒市の中で、私が何かを買うのではなく、売っているところを撮影すると、宣言しました。なんと恐ろしい！　仕方なく私は、少しでも早く、たくさん売るためには、めだつにかぎる、それには振袖、と決め、ディレクター持参の「姉さま人形」「紙風船」などを道ばたで売る人になったのです。

　イタリア語で「さあ、いらっしゃい、いらっしゃい」と叫んだときは、さすがに恥ずかしくて顔が赤くなりましたが、人が、どんどん集まってくるにしたがって、なんとなく気が強くなりました。

　ところが、みんな振袖の魅力に集まってくるので、口ぐちに「きれい」「お人形さんみたい」というだけで、誰も買ってくれません。そしてつぎからつぎへと際限もなく、店屋と店屋が立ち並んでる道幅のせまいところに、人がつめかけたので、ついにまわりの店屋から苦情が出てしまいました。

　やっと、姉さま人形が一個売れたので、大声で「ありがとうございます」といったところに、いかめしいおまわりさんが二人来て「いま、やめなければ交通妨害の罪で、牢（ろう）屋（や）に入ってもらいます。そして、キャメラは没収！」と恐ろしいことをいったので、商

セントラル・パークの白木蓮の前で。撮影のときはすごい人だかりだった
撮影／エリオット・エリソフォン

売も撮影も中止になってしまったのです。

でも考えてみれば、結局、着物の美しさに、あれだけの人が集まったのですから、やはり、よろこぶべきことなのかもしれません。

ただ、着物を着ていて、よく質問されて困ることがあるのです。

「ちょっとうかがいますが、その背中にしょってる枕は、なんのためですか？」帯のことなんですが、なんと答えたらいいのでしょうね。

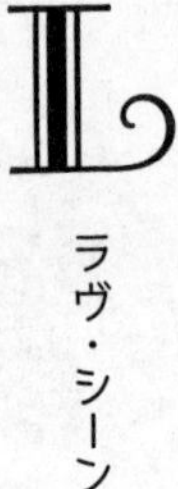

ラヴ・シーン

ラヴ・シーンといっても、映画のではなく、舞台で行われるラヴ・シーンですが、このブロードウェイでは、相当に、刺激的なのがあります。

例えばご存じ『オー！カルカッタ！』などは、正真正銘、生まれたままの姿をした男女が、抱き合ったり、ベッドに入ったり、そのほか、ちょっと『花椿』には書けないようないろんなことをやるのです。しかも毎日。そして、もうオープンして、二年以上になります。

テレビ『題名のない音楽会』の撮影中の演技であります

ところが、この芝居に出てる裸の男優が、舞台で、演劇的興奮以外の、個人的興奮を示した場合には、その人は俳優組合からはずされるとか、劇場は閉館、とかいう噂があるくらいですから、ラヴ・シーンも、はたで見るほど、楽ではないのかもしれません。

キス・シーンにいたっては、のべつ出てきます。日本の場合は、残念ながら本当にしてるように見せかけて、実はしてない、というのが実情ですが、外国では当然、唇と唇とが密着します。

これは、実生活の違いで、こっちに来たとき、はじめ私もびっくりしたのですが、恋人同士でなくても、親しい間柄なら、よその奥さんが、他の旦那さんと、父親が娘と、とにかく、どんどん唇にキスするのはあたりまえなので、舞台で本当にしても、ちっとも「あら、スゴイ！」ということでもなく、むしろ、本当にしなかったら、おかしいと思われるに違いありません。イギリスのオールド・ヴィクで見た『エドワード二世』という芝居では、愛しあってる男同士が長い長い濃厚なキスをしたので、芝居とはいえ、私は相当のショックを受けました。そのうち、日本でも、だんだん舞台のうえで、本当のキス・シーンをするようになるかもしれない、と私が『オー！カルカッタ！』に出ている俳優にいったら「本当にしないで、見せかけのほうが、いいかもしれないよ。嫌いな相手役と、こっちみたいに六年間もロングランで、毎日キスすることを考えてごらんよ！」。なるほど、そうかもしれませんね。

マリワナ

一週間ほど前にブロードウェイを歩いていたら、知り合いの若いアメリカの俳優に、ばったり逢いました。

「テツコ！（ついでに申し上げますと、アメリカでは、親しさを表わすために、みんな名前を呼びます。私などは、なんとなく、なれなれしすぎると思って苗字を呼ぶと、名前で呼んでちょうだい！　といわれます。ですから、ニクソン大統領も、親しい人はリチャード、と呼ぶわけです。これもアメリカの習慣なのですから、別におかしいとも思いませんが、もし、日本で親しいからといって、田中総理を「角栄！」と呼んだら、随分、失礼になるでしょうね）テッコ！　ちょうどよかった。僕の友だちの映画監督が、日本に、もうじき行くんだけど、彼は草を吸うんで、ちょっと、心配してるんだ。日本に行ったら、どこで草が買えるかな？」

（草？　……草ってなんだろう……）。私はすぐには何も思いつかず、考えこみました。（煙草のことじゃないし……。まさか、お灸のモグサのことじゃあるまいし……。吸う草ね……）。そこで仕方なく「吸う草って、なんのこと？」と聞きました。彼は、ホ、ホ、と女の人のように笑って「マリワナさ、もちろん！」といいました。「あら大変！」煙草も吸わない私にとって、マリワナなんて、この世の終りのように思えます。人にいわせると、これは、ふつうの煙草と同じくらいの害しかなく、煙草を許すならマリワナも許すべきで、このアメリカで、これが合法的というか解禁になるのは時間の問題とも、いわれていますが、ともかくいまは法律で禁止されているのですから、これは、「あら、大変」なことです。「ねえ、どうだろう？」彼は私の返事を待っています。

「私、どんなとこで買うのか知らないし、第一、日本では買えないのよ。そいで、もし誰かがそんなもの吸ってたら……（ここで、私は、新聞に出てる麻薬の記事を頭に浮かべ適切なことをいおうと思いましたが、あまり、はっきりしたことがわからないから、だいたいのところでいいや、と決めて）……一年くらい牢屋に入れられるわよ。日本は、とてもきびしいんだから」と、はっきりいいました。

「えっ？　一年も？」彼は少し、ひるんだ顔になって「買えないんじゃ、やっぱり吸う分だけ持ってったほうがいいかな」と恐ろしいことをいいました。「羽田の飛行場で、全部調べられるわよ」「そうか！」

それから彼はちょっとだまって、タイムズ・スクエアの車の洪水を眺めてから、小さい声でこういいました。「こういうのはどうだろう。彼が泊る予約をした東京のホテルに、送り主の名前は書かないで、小包みにして彼宛に送るっていうのは？」「外国からの郵便物は、全部、羽田で中身をチェックするわ」「やっぱり全部やるかな」彼はがっかりした様子でそういうと、「じゃ彼にそういうね。さよなら」と長いジーパンの足を少し、くねくねさせながら、私と反対のほうに歩いて行きました（油断もスキもありゃしない）。私はGメンになった気分で夕方の雑踏の中を歩きました。

ところで、この八カ月のニューヨーク滞在中、私の近くでマリワナ、という言葉が出たのは、このときと、あともう一度だけです。私の友だちといったら、ショウビジネス関係の人とか、アーティストが多いのに、おどろくまいことか、ただの一人も、そういうものを用いる人がいないのです。というのも、このニューヨークで、プロフェッショナルとして生きて行くのには、まず健全な肉体が必要、それには早寝早起き、そして絶え間のない勉強、ということで、思ったより、ずーっと常識的な、まともな生活なのです。ニューヨークといえば麻薬の町、と思ってた私にとって、これはとてもうれしいことでした。

もう一度だけマリワナという言葉を身近で聞いたのは、昨年の秋です。私の男友だちが、彼のアパートの住人たちが交代で主催するパーティ、というのに連れてってくれた時です。

よくニューヨークのアパートは、隣りの部屋に住んでる人が誰かわからない、といいますが、私の知ってるかぎり、大変によくお互いのことを知っていて、さらに親しくなるために、こういうパーティをやったりするのです。

パーティといっても、食べものは、なし(これが高級アパートになると、いろいろ出るけど、私の友だちのとこはなにもなし、また、なにもなしのケースがまことに多い)。だからなにかたべたい人は、自分で持っていく。飲みものはコーラの類とウイスキーなど。おつまみも、なし。これも欲しい人は持参という、いたって気楽なパーティです。三十人くらいの老若男女が、レコードに合わせて踊ったり、喋ったり、中には読書したりしてる人もいる、という、のんびりしたものでした。

夜八時頃から始まって、夜中の十二時頃になり、私はなぜか、おまわりさんが、部屋の中にいるのを発見しました。この人もアパートの住人かな？　と思ってたら、しきりに窓を指さして、その部屋の持主と話しているのです。窓が開いていたので、そこから何か投げた人でもいたのかしら、と見ているうちに、おまわりさんは、「おたのしみください、みなさん!!」といって、ニコニコしながら出て行きました。

なんのことかと思ったら、パトロールをしていて上を見上げたら、この寒いのに窓が開いていて、人が中でワヤワヤやっている、おまけに窓からのにおいがどうもマリワナくさい、というのでやってきたところ、部屋の中で吸ってる人も見当らず、特ににおいもしないので、がっかりして出て行った、とこういうわけだったのです。事実、誰も吸った様子はありませんでした。

と、こんな具合で、私はまだ一度もマリワナを吸ってる人や、まして麻薬患者など見たことがないのですが、このニューヨークで起こる犯罪の六割は麻薬患者によるものという恐ろしいデータがあるのですから、存在することは確かです。

私がアメリカ人に自慢できることは、日本には、こういったことによる犯罪がほとんどない、という事実です。みんなは本当にうらやましい、といいます。この自慢がいつまでも続くことを、そして、このアメリカも、いつか自慢できる国になることを、私は心から祈っているのです。

ノウ

昔からいわれていることですが、いまだに日本人はイエスか、ノウか、よくわからないとアメリカ人にこぼされます。これは英語ができない、ということでなしに、会話の習慣の違いにあるようです。

例えば、日本語の場合、「今晩、貴女はパーティに行きますか?」と聞かれて、行かないのなら「いいえ」といいますね。そしてさらに相手が「なんだ、貴女、行かないんですか」といったら「ええ」といいます。つまり相手の質問を認めるから「イエス」になるので、これでいいわけです。ところが英語になると、同じ質問のばあい、答えが初め「ノウ」で、次に「イエス」になっちゃうと、わからなくなってしまうので、行かな

いのなら、あくまでも「ノウ」でなくてはならないのです。

これは馴れないと、なんとなく抵抗があっていいにくいし、また質問する人の言葉のえらびかたによっては、たまに「イエス」でいいときもあり、外国人すら間違えるときがあるくらいです。そこで、一番いいのは、こういうばあい「イエス」といわずに、貴女のいっていることは正しい、という意味で「ライト（RIGHT）」を使い、さらに自分の意志をはっきりいうことだ、とアメリカ人に教わりました。

「私と結婚してくれますか?」「ノウ」「結婚してくれないんですか?」「ライト、私は貴方と結婚はしないのです」。これで一切の誤解は生じないというわけです。「ノウ」をいうのは、むずかしいことで、「イエス」といったほうが楽なときが多いのですが、やはり「ノウ」をいうべきときははっきりいわなくては、と思います。

日本のことわざにも「ノウある鷹は爪をかくす」というのがあるくらいですもの（これは冗談です。もちろん）。

オスカー

本当はアカデミー賞受賞者が貰う、金色の人形のことなのですが、いまでは「アカデミー賞」というかわりに「オスカー」と呼ばれているようです。この授賞式は紅白歌合戦のように年中行事のひとつで、みんな楽しみにして、テレビの前に集まります。これは日本にも中継されたのではないかと思いますが、一番の興味は、誰が選ばれるか、その場にならないとわからないということでしょう。

アカデミー賞選考委員会みたいなところから、あらかじめ、それぞれの分野で数人ずつがノミネートされていて、つまり受賞候補者として、数人が指名されていて、当日、会場で司会者が「主演女優賞にノミネートされている方は、グレンダ・ジャクソンさん、

BEST
MUSICAL
BEST
MUSICAL
MEN OF VERONA

ヴァネッサ・レッドグレーヴさん、ジェーン・フォンダさん、ジュリー・クリスティーさん。さて、受賞者は……」、そこまでいうと、誰かが封筒を持ってきて、司会者に渡す。司会者はその封を切ってカードを取り出し「……ジェーン・フォンダさん！」となるわけで、その封筒を開くまでが、ドキドキするのです。ましてや、会場でそれを見つめる候補者の胸のうちはどんなでしょう。テレビは、その瞬間の候補者の顔を全員、同時に画面に入れて盛り上げます。

今年（一九七二年）ははじめから、アメリカが貰うのに決まっているからジェーン・フォンダだ、という説が強く、おまけにノミネートされたグレンダ・ジャクソンさんもヴァネッサ・レッドグレーヴさんも、イギリスからこなかったので、「やっぱり！」とテレビのまわりの人がいっていたら、予想通りになりました。

ジェーン・フォンダは、反戦運動で有名ですが、この日は、もし受賞しても、会場では何もいわないこと、といふくめられていたそうで、約束通り何もいいませんでしたが、ただ「いいたいことはありますが、いまはいいません。有難う」と意味あり気にいって、オスカーを握りしめて引っこみましたが、この後の他のテレビ局のインタビューでは、いいたいことをいったようです。

それにしても、『イヴの総て』ではありませんが、このテレビ中継をどれだけの若い女優が闘志を燃やしながら見ることでしょう。もしオスカーを貰ったら、その瞬間から世界に認められ、出演料はケタ違いに上がり、いくら仕事がないアメリカでも、当分仕事にあぶれることはないでしょうから。

この中継のつぎの日、演技の学校で会った若い女優がいいました。

「あれを貰うためだと思うと、毎日十時間、自分一人で勉強してもつらくないわ。私には野望があるものね」

これにくらべたら、なんと私の生活の呑気なこと。でも考えてみると、人間は誰でもそれぞれ自分だけのオスカーを持ち、またそれを夢みているのかもしれませんね。

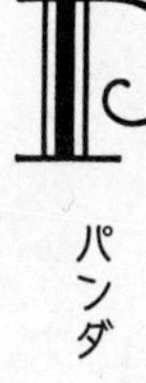

パンダ

昨年（一九七一年）、天皇陛下がヨーロッパをご旅行になったとき、ロンドンの動物園でパンダをご覧になり、その写真がたくさん報道されて、パンダは、一躍有名になりました。また今年の四月には、ニクソン大統領が中国を訪問した記念にと、二匹のパンダがワシントン動物園に中国から贈られ、これが大ニュースとなり、パンダはいまや、ブームになりつつあります。

私のいるニューヨークの町の中は、種々のぬいぐるみ人形はもちろん、ブローチ、イアリング、セーター、コップ、タオル、蠟燭、洋服布地、スリッパなど、すべてパンダの模様で溢れています。また、それをあおるように、ニューヨーク・タイムスがパンダの写真や記事を、第一面に何度ものせるのです。

まあ、それだけ、パンダというのは珍しい動物なのでしょう。ご存じとおもいますが、パンダ（くわしくはジャイアント・パンダ）は中国の四川省の西部や北部などの高い山に棲んでいて、つまり中国にしかいないのです。現在、世界中の動物園にどのくらいいるかというと、わかっているだけで十七匹。野生となると、なおむずかしく、数はマチマチです。保護動物に指定はされても減るいっぽうで、というのも、なかなか子供を増やすのがむずかしい動物なのです。

話は少しとびますが、私がパンダに興味を持ったのは小学生のときで、叔父がアメリカのおみやげ！　とくれた、ぬいぐるみのお人形を手にしたときからです。耳と手と足と目のまわりだけが真黒で、あとは真白の熊。こんな動物が実際にいるはずはないから、おもちゃとして作ったデザインだろうと思って、可愛がっていました。

ところがある日、新聞に「この動物はパンダという」と書いてあり、よつんばいになってる本物の写真が出ているではありませんか。

「☆!!!?)(!!♥!」そのときのショックを表わせば、このくらい、びっくりしたのです。

それ以来、いろいろ調べて、これが熊のように見えるけど、熊の種類ではなく中国では、大熊猫科になっている。笹や竹が好物であること、身長はメスで一・五メートルくらいもあり、思ったより大きいこと、人間と同じように肘まくらや、手を頭の後ろに組んだりして寝ることもできる、などを知ることができました。

そしてついに五年前に、長年の夢が実現して、生きているパンダをロンドンで見ることができました。実物のほうが写真より可愛くなくても、それは仕方のないこと。あまり期待はすまい！　と決心して出かけたのですが、実物のほうが百倍も可愛くて、本当にそのときはうれしかったのです。

そして、つい最近、幸福にも私は、ワシントンに来た子供のパンダを見ることができました。ニューヨークからワシントンは飛行機で一時間ちょっと。でも早く見たくて、その間もとても長く感じました。

パンダ・ハウスにおさまっている二匹は、オスが一歳で「シンシン」、メスが少しお姉さんで一歳半の「リンリン」。この二匹は、びっくりするほど性格が違っていて、シンシンが暗いところで小さくなって昼寝をしているのに対して、女の子は部屋の真ん中

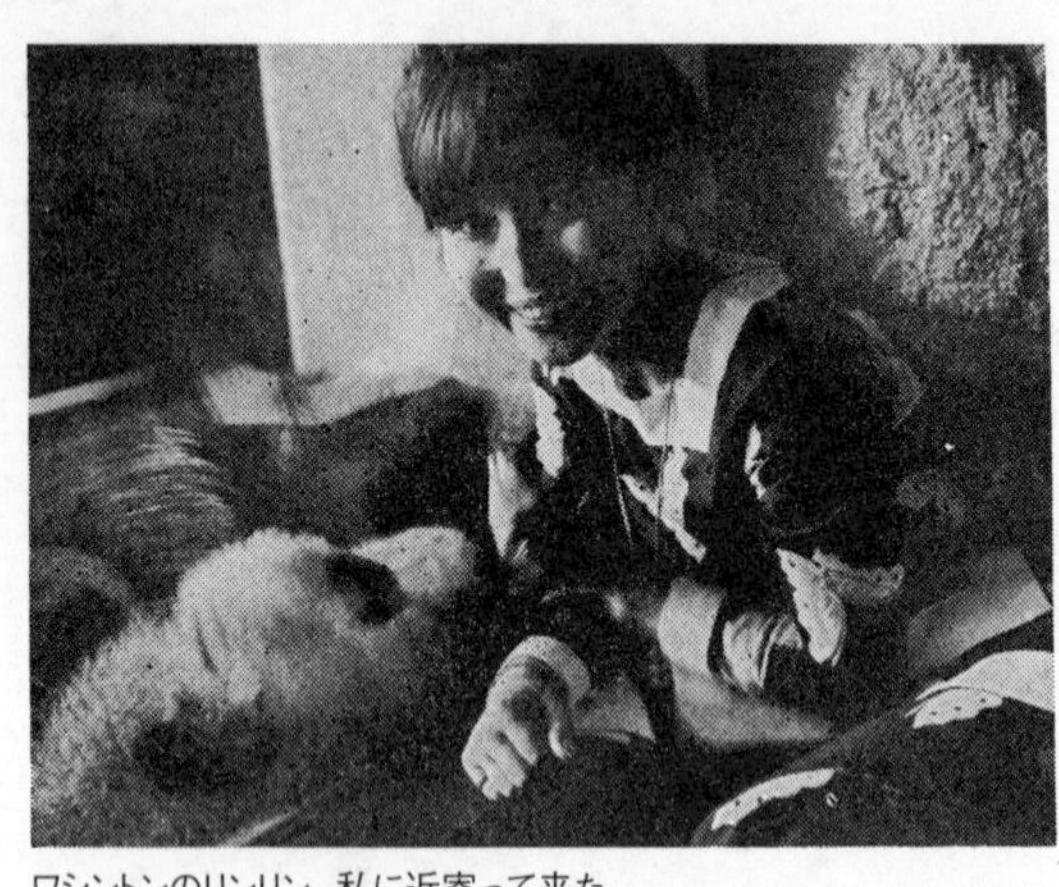
ワシントンのリンリン。私に近寄って来た

で大の字。

男の子の部屋がゴミひとつ落ちてなくて、身体も真白と黒で、いかにもパンダらしいのにくらべ、リンリンの部屋は、五つもある鉢植えの竹を全部かじってたべちゃって、しかも鉢をひっくり返して、中の泥を部屋中まきちらして、その真ん中ででんぐり返りをするから、身体は泥(ドロ)で汚れて全体が真黒で、パンダとは思えないくらい。

そして、シンシンはトイレをするとき、部屋のスミでするのに、リンリンは、わざわざ植木鉢のヘリによじのぼって、安定の悪い格好でしゃがんで、西洋トイレ風のつもりか、そこから床に落す、といういたずら好き。でも、どんなことをしても可愛いから、彼女は「道化師(どうけし)リンリン」と呼ばれて、人気者なの

手に持っているのは小学生のときから大切にしているパンダ

です。

私がガラスのそばにくっついて見ていたら、部屋の真ん中で、ランチの笹と人参を両手に握って、かわりばんこにたべてお客さんを笑わせていたのが、ふと私を見ると、急にたべるのをやめて、スタスタと歩いてきて、私をじーっと見ると、まるで私にキスをするように、ガラスに唇をつけました。私も急いで顔をよせたので、本当にキスをしているように見えました。

動物園の人たちは「こんなことは初めてです」とびっくりしていました。つぎに彼女はゴロンと寝っころがると、私に寄りかかる形になって、私に甘えるみたいにして、いつまでも、じーっとしていました。なでてほしいようでした。

一日に七万人の人が見にきても、お母さんから離れて、はるばるアメリカまできた小さい女の子には、ここの生活が寂しいに違いない、と私はガラス越しに頭をなでてやりながら可哀そうに思いました。でも、いつの日か、隣りの檻のシンシン君が成長して、きっとここの生活を楽しいものにしてくれることでしょう。

「そのとき、またワシントンにくるわ」私はそう思って、リンリンの側から、元気を出して離れたのでした。

クイーン

ご存じのように、アメリカに本当のクイーンはいません。でも、アメリカの人はクイーン、「女王」という呼び名が好きなようで、オナシスと再婚するまではジャクリーヌ・ケネディを、アメリカのクイーンと呼んでいましたし、昔、スターだったジンジャー・ロジャースを「撮影所の女王」とも呼んでいたそうです。また、オレンジの女王、ホットドッグの女王、ポプコーンの女王、ヒッピーの女王、と数えきれないほどの女王を作りました。

そのせいでもないでしょうけど、このあいだうちのニューヨークは、女王のブームで、ブロードウェイでは、クレア・ブルーム主演の『ビバ！ビバ レジナ！』というエリザベス一世とメリー・ステュワートの話を新しい脚本で上演したものと、もうひとつ、日本でも、文学座が上演して、杉村春子先生がメリー・ステュワートをおやりになったシラーの作品を同時にやっていましたし、映画館では、ヴァネッサ・レッドグレーヴ主演の『スコットランドの女王メリー』をやっているかと思うと、テレビでは毎日曜、連続

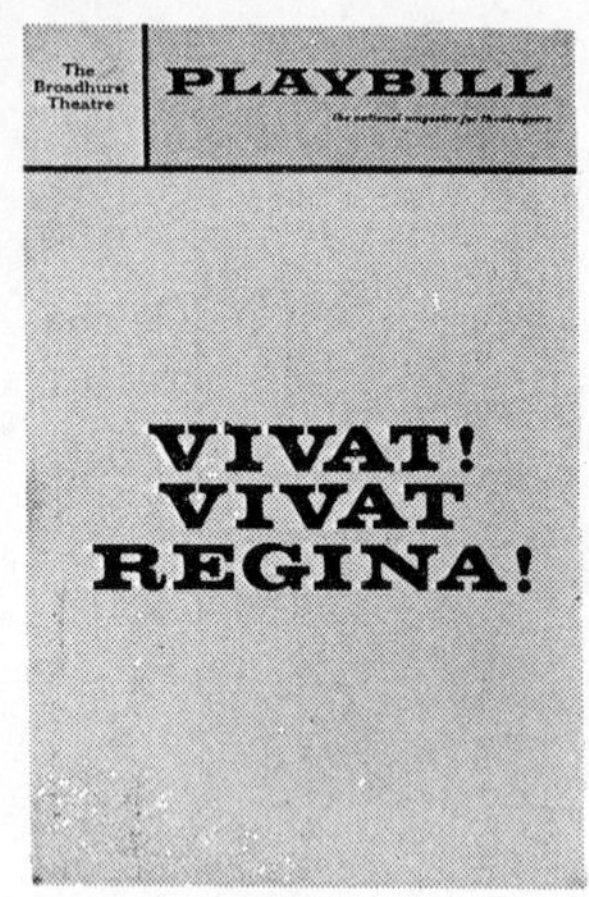

で、エリザベス一世の生涯を、グレンダ・ジャクソンというイギリスの女優が演じてる、という具合。そしてテレビの深夜放送では、ベット（ベティ）・ディヴィスの『ヴィクトリア女王』を見せてくれるのです。

そんなふうですから、本物の女王に逢った人、なんていったら大変です。この間、夕ご飯に招ばれて行った家に、偶然現在のエリザベス女王に親しくおめもじがかなった、という夫人がいて、みんなはとてもうらやましがって、その会見が、どんなだったか、興味しんしんで膝をのり出しました。

この夫人は、ミュージカル『マイ・フェア・レディー』をロンドンでやったときのプロデューサーの奥さんで、初日にエリザベス女王がお見えになったので、プロデューサーの奥さんということで、おめもじができたのだそうです。「なんたる名誉!」とみんなは溜息をつきました。

ところが、この小肥りの奥さんが無類に呑気というか、人間的な人で、この会見は失敗のうちに終った、というのです。というのも、そもそも、女王陛下にお目にかかったら、質問というものを、われわれはしてはいけないのだそうですね。あちらがご質問くださったら、こっちはただお答えする、というのがしきたり。

さて、このアメリカ人の奥さんは、そんなことは知らないから、女王と面とむかいあった途端、なにかいったほうがいいように思ったので「お忙しいですか?」とまず質問。女王陛下は(これは奥さんが後でよく思い出したらなんですが)、ちょっとびっくりしたような顔をして「……ええ」とおっしゃった。

その後、なんとなく白けた間ができたので、また質問。「アン王女が今日はお見えになるという話でしたけど、いらっしゃいませんのね?」「アンは病院に入っております」「どこがお悪くて?」

女王はじーっと彼女を見つめてから、ゆっくりと「……扁桃腺の手術です」そこでまた、しらじらとした長い間。奥さんはまた質問する。「女王陛下は扁桃腺をお取りになりましたの?」「……(長い間)……いいえ」

そして、女王は「いいえ」と同時に、体を十センチほど右に移動させたと思ったら、それが合図らしく、さーっと、おつきの人が二人、その奥さんの両側から現われて、「ではこの辺で……」と彼女は連れ去られたそうです。

そして、ショウの終った後、女王は出演者の一人ひとりと握手をなさったけれど、「ショウはよかった」とか「あなたの演技はよかったです」というお言葉はひとつもなく、ただ「ご機嫌は如何？」とおっしゃっただけで、お帰りになったそうです。

「ひとことぐらい感想が欲しかったわね」と質問夫人が口惜しそうにいったので笑ってしまいましたが、女王の発言は国の発言とも見なされて問題が大きくなるから、いつも個人の感想をお洩らしにならないのでしょう。考えてみると、女王というものは寂しいものです。一歩、宮殿の外に出ると、女としての感情生活は許されないのですから。

話はかわりますが、ニューヨークの東のほうにクイーンズ、という地区があります。といっても女王さまが住んでいるわけではなく、何故か日本人のかたがたくさん住んでおいでです。また、レストランなどのトイレに行くと「女」というサインのかわりに、「クイーン」というのも、よく見かけます。

もうひとつ、これはアメリカの俗語ですが、クイーンとは、女王という意味のほかに、男を好きな男の人のことをさしてもいうのです。それからいうと、アメリカはクイーンだらけといえるかもしれません。

R　レストラン

ニューヨークには数えきれないほどのレストランがあります。そして、とても高くておいしいところとか、お値段は高いけどまずいところ、また安くておいしいところなど、いろいろあるのは、どこの国も同じです。いろいろある中で、有名なのはフォー・シーズンズとか、パピヨン、ルーテス、21などで、お値段も――もちろん晩ご飯ですけど――二人で最低、一万五千円はするという恐ろしさです（日本にも同じか、もっと高いところがこの頃あるそうですね）。

ところが、よくニューヨークの人に聞いてみると、こういうレストランに行くのは、ほとんど、ニューヨークの人でなく、地方からの旅行者が多いのだそうです。そしてニューヨークの住人は、これほど上等のところじゃないにしても、よほどなにかがないと、みんなレストランには行かないようです。なんといっても高いし、自分の家で作ったほうが、おいしいし、安くたべられるからでしょう。

そんなわけで、私のアメリカ人の友だちの中には、料理人なみに上手な人がたくさんいます。女性だけでなしに、男性もいます。アメリカ人というと、レストランに行くか、罐詰(かんづめ)、またはテレビディナー（容器ごと温めて食べる冷凍食品）などをたべて、手のこんだお料理はしない、というふうに何故か思いこんでいた私は、みんながあまりお料理に熱心なので驚いています。といっても、もちろん、私のおつきあいしてる範囲の人たちですけど。

でも、アメリカ人の料理ずきは、本の売りあげ第一位が料理の本、ということでもわかります。それと日本料理に対する関心が非常に高まっていて、タイム・ライフ社で出している各国の料理というシリーズの中の「日本料理」という本は、なんと五十万部も売れたのだそうです。

そんなふうですから、私が日本のお料理ができるとわかると、みんな帳面や、見出しのついたカードを持ってきて、料理法を教えて、と迫ります。

この「料理法」をこっちでは「レスィピィ」（ＲＥＣＩＰＥ）というのですが、レスィピィの交換はよく行われています。もちろん私も、おいしいお料理をいただくと、その家の主婦に聞いたり、コックさんのいる家庭のときは、どんどん台所に入っていってコックさんに聞きます。そして私の㊙ノートに書いておくのです。

昨日、招ばれた家でたべた「サバのスペイン風トマト煮」は、実においしかったので、もちろん㊙に書きとめましたが、お返しに「サバの味噌煮」を教えてあげました。奥さんは大喜び。サバはもちろん、お味噌も、お酒も、生姜(しょうが)も、お醬油も、すべてニューヨークで買えますから。

二十階建の高級アパートで、目の青い奥さんがサバの味噌煮を作ってる、なんて面白いじゃありませんか。

……なんて呑気なことを書きながら、いまふと思ったことは、ちょっとまえまでは黒人はレストランに入れなかった、ということです。そして法律で、黒人が入るのを阻止してはいけないと決まったいまでも、私はただの一度も、ちょっとしたレストランで、黒人のお客に逢ったことがないのです……。

サラダ

小さいことですが、アメリカに来て知ったことのひとつに「サラダ」があります。もちろん、サラダという言葉は知っていましたが、ふつう私たちはサラダを作る材料を野菜といい、野菜は英語でベジタブルだから、サラダの材料は、ベジタブル、と思っていました。

ところが、それはどうやら間違いなのです。といっても、英語で野菜はたしかにベジタブルだし、サラダの材料はレタス、トマト、セロリー、ピーマン（話はちょっとそれますが、アメリカではピーマンを、グリーン・ペッパーと呼びます。はじめて行ったとき、あさはかにも英語だと思った私は、一生懸命「ピーマン、ピーマン」といったのですが、わかってもらえず「それはピー（豆）の種類か？」などと聞かれて困ったことがありました）。

それで話をもどしますと、こういう野菜は、もちろんその通りの名前で呼ぶのですが、いざ、これでサラダを作るとなると、驚いたことに、全部が作る前から「サラダ」になるのです。

私がお友だちの田舎の別荘に遊びに行き、マーケットに一緒に出かけたときのことです。私はサラダを作る役目だったので、「さあ、ベジタブルを買わなくちゃ！」といったら、友だちが「今日は、お魚とポテトの煮込みだから、ベジタブルは必要ないじゃないの」と、いいます。「いいえ、生のベジタブルをたべるでしょう？」といったらとても不思議な顔をして、しばらく考えてから「生のベジタブルってなーに？」というので、私のほうがびっくりしました。

私としては、当然、生野菜のつもりだったのですが、よく聞いてみると、むこうとしては、ベジタブルというのは、つけあわせなどの、煮た野菜のことをいうので、「それの生？」と考えてわからなくなったらしいのです。

でも、いまだに私は、この「サラダ」について、よくわからないのですが、いずれにしても、サラダを作る生野菜を買いに行くときは、ちょっとおかしいみたいですが、「サラダを買いに行く」といえば間違いがないのです。もしできているサラダ、例えばポテト・サラダなどを買いに行くと思われたら困る、と思うかたもあると思いますが、売っているサラダには、それぞれ「××サラダ」とか、また違う名前があるので、その心配はないのです。

私の友だちの日本人の男性ですが、フランス語はもちろん、英語もほとんどできない人が、あるときパリに行きました。人通りの少ない道端に腰かけて休んでいたら、若いフランス人が歩いて来て、なんとなく隣りにすわりました。

私の友だちは、ふだんから愛想のいい人なので、何か話しかけたほうがいいように思って、その人がカゴをかついでいたので、魚屋さんだと思いましたから、「貴方は魚屋さん?」といおうとしました。でも、そんな複雑なことはいえないので、せめて「魚」を、フランス語でいおうとしたけどわからない、考えていたら英語ならわかったので、カゴを指さして「フィッシュ?」と聞きました。するとそのフランス人は、わかったのか、わかんないのか、とにかく「ノン」といいました。

それじゃ、きっと八百屋さんだと決めたけど、今度は八百屋がわからない。それじゃ、せめて「野菜」と思ったものの、それも出てこないので、一番、カンタンなやつでいこうと決めて「サラダ?」といったら「ウイ」と答えた、という話で、随分、いい加減な人もいるものだと、私たちは、ひっくり返って、そのときは笑いました。でも、いま考えてみると、アメリカ式にいうなら、これは、それほど笑うことではないのです。でも、私はやっぱり、いまでも笑ってしまいます。

GROCERIES
7up
Coca-Cola
7up

いずれにしても、よその国の風俗、習慣を知るというのは、むずかしいことです。こういう小さいことで、知らないことが限りなくあるのですから。でもまた、それだから、よその国に住むのは面白いと、いえるのかもしれません。

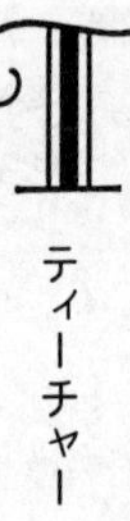

ティーチャー

私の演劇の先生の名前は、メリー・ターサイといいます。歳はいくつかわからないけど、だいたい七十歳くらい。カーネギー・ホールの裏に教室があります。昔はとてもいい女優だったのだそうですが、だいぶ前から先生になって、だいたいいつも十五、六人くらいのプロの俳優のために、クラスを開いて、秋からつぎの夏の初めまで一コース、というふうにして教えるのです。

私が、この先生に何故教えてもらうようになったのか、という話をすると長くなりますが、「貴女にめぐり逢うために、どんなにたくさんの偶然がこれまでに必要だったことか」という大好きなフランスの詩を思い出したので、偶然のいくつかを書いてみることにします。

一九七〇年に、帝劇で『風と共に去りぬ』をミュージカル化した『スカーレット』というのを上演したこと、ご存じのかたもあると思います。あれは、脚本の菊田一夫先生以外は、作曲も、装置も、衣裳も、全部ブロードウェイの人たちでした。

この中で、演出振付をしたジョー・レイトンさんは、『ノー・ストリングス』とか『ジョージ・M!』、また最近では『トゥ・バイ・トゥ』など、ブロードウェイでヒットしたミュージカルを手がけた有名な人ですが、この人の奥さんが女優で、このメリー・ターサイに習っていたのです。

それで私が、このミュージカルに出たことからお友だちになり、ニューヨークに一年の予定で、休養かたがた勉強に行きたい、といったら「私の先生がいいから、ぜひ、習いなさい、話をしとくから」といって、まだ私が、いつ行くとはっきり決めてないうちに、ぜんぶ、お膳立てをしてくれちゃったので、自然、生徒になった、といういきさつなのです。

でも、自然になったとはいうものの、この先生にめぐり逢えたということは、私の人生の中で、とても大きいできごとでした。立派な先生で、私は、本当に、このメリーが好きです。そして運のいいことに、先生のほうも、東洋人を教えたのは初めてだそうですが、とても可愛がってくれています。

先生のメリー・ターサイ（左端・彼女の演劇スタジオで）

メリーは、いつも黒い洋服しか、絶対に着ません。たいがい、いつも同じ洋服、そして、ストッキングも、靴も、オーバーも黒。そして細い銀の首飾りと腕輪を数えきれないほどしています。だから先生が動くと、シャラシャラと静かな音がします。そして彼女は、たて続け、というより、前のが終らないうちに、つぎのに火をつける、というくらいに、煙草を吸います。

旦那さんは脚本家です。

さて、このメリーにどんなことを習ったか、というと、なにしろすべて英語なのですから、直接、私のこれからの演技に、どれだけ役に立つかわかりませんが、大きいことは、「想像力の強化」ということです。

彼女の説によると、俳優という仕事は、気

コメディ『ふくろうと仔猫ちゃん』の稽古風景

も遠くなるほどの想像力を持っていなくてはならない。そして、一つの役について、どれだけの想像力を生み出すことができるかで、いい俳優か下手な俳優かが決まる、とまでいうのです。

といっても、その想像力が役から離れると「勝手に脚本を作らないで頂戴！」といわれます。

そういう点を指摘するときの早さと的確なこと。そして一番私が尊敬した点は、「じゃ、どうしたらいいか？」という疑問にすぐ答えてくれることとです。ふつう「間違っている」「よくない」とは指摘できても、「じゃ、どうすれば……」というのは、むずかしいことなのですが、メリーは、それができるのです。

「いま、この俳優は、こういうところに、落ちこんでしまっている」とか、「こんな悪いくせがつきそうだ」とか、「なにが、この人に足りない」などということを、すぐ見抜いて、いってくれるのです。そして当然ですが、人生に起こるいろんなことを山のように知っています。

また、とても優しい人で、時どき授業のない日に、私のアパートに電話をかけてくれて、「日本に地震があったとニュースがいったけど、大丈夫らしい」「札幌オリンピックで日本の選手が、いまテレビに出ているけど見てる？」「今週で、あの舞台の、あの俳優はやめて、違う人になるから、いまのうちに見ておきなさい」というふうに、私の本当に必要なことを、いつも教えてくれるのです。

そして、前の写真でもおわかりのように、元気で、若わかしいこと、そして瞬間のうちに、どんな役の姿にもなれることのものすごさ、びっくりしてしまいます。ついでですから申し上げると、私の相手役になっているこの同級生の男の人は、この秋から、ブロードウェイで上演されるアラン・ベイツ、ヘレン・ヘイスなどの出る芝居で、いい役にえらばれた人です。

私が、アメリカがうらやましいと、心から思う点は、プロになってからも、こういう、すぐれた先生がいて、教えてもらえることです。現在五十歳くらい、ブロードウェイのトップ・スターであるグエン・ヴァードンなどが、いまだに習いに行く先生がいる、というのですから。

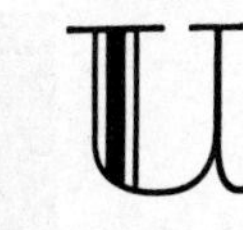

アンダー・スタディー

ブロードウェイの舞台で、本役の人が病気になったり、気分がむかないとき、代わって出る人を、アンダー・スタディーといいます。これは日本の「代役」というのとちょっと違っていて「あの役のアンダー・スタディーをやりました」ということは、その人の芸歴の中で、立派に役立ちます。

プログラムの人物紹介にも、ちゃんと「誰れ誰れさんのアンダー・スタディーに選ばれて……」なんて書いてあるくらいです。それは、いいのですが、ブロードウェイで気に入らないのは、主役が休んで、このアンダー・スタディーがやるなどということを、けっして事前に観客に知らせないことです。

日本だったら、劇場の入口を入ると、すぐ目につくところに「本日〇〇〇病気のため、△△△をもって代役といたします」と貼ってあるので、すぐわかり、それでもいいから見ることにするか、払いもどしをして帰って、つぎの機会にするか、と考える余裕があ

るのですが、あちらはこういう仕掛けです。

開幕のベルが鳴る。観客は席にすわって幕が上がるのを、いまや遅しと、待ちかまえている。客席、暗くなる。ミュージカルだと、ここで、前奏など始まる。「さあ、始まるぞ！」と客が乗り出したとき、スピーカーで「本日、主役の○○○出演不能のため、アンダー・スタディー△△△が演じます」と、いうが早いか、オーケストラが、どんどん演奏を始めちゃうので、「あれー、せっかく、あの人を見に来たのに」と思っていると、もう幕が上がって芝居が始まっちゃうので、立つ気にもなれず、そのまま終りまで見ることになるので、とてもずるいと思います。

ただ感心するのは、アンダー・スタディーが「自分は代役だから、このくらいやればいいんじゃないか？」という感じはなく、本当は毎日やってるんじゃないかと思われるくらい、ちゃんとやることです。そして観客も、はじめはブーブーいってても、終りには「よくやった！」と大拍手を送るのです。

でも本役が休まなければ、永久に出るチャンスはなく、また本役も、自分より上手にやられたら大変ですから、休まないように努力するので、アンダー・スタディーの神経の疲れは、大変と思います。一カ月単位の芝居で、アンダー・スタディーのない私たちは、考えてみれば、なんて呑気なことでしょう。

ベジタリアン

ベジタリアン、という言葉を初めて聞いたとき、「菜食主義者」という意味とはしらず、ハワイアンとか、イタリアンというのと同じにどこかの国の人のことかと思いました。

さて、いまニューヨークの若い人の間に、この菜食主義が、とてもはやっています。ある種類の人は、肥らないためですが、たいていは、動物を殺してたべるのはよくないという考えと、「禅」に憧れてるらしいのですが、とにかく増えてきているのです。

日本では、野菜がとても高いので、菜食主義も大変と思いますが、アメリカは、他の物価にくらべて安いし、豊富なので、その点は簡単です。でも野菜だけだと、栄養が足りないといけないといって、卵とか貝などはたべる人もいます。

そして、それに合わせて、どういうわけか、裸足(はだし)の女の子が圧倒的に多いのです。私の若い友だちにいわせると、ひとつには「自然に帰る」という思想、そしてもうひとつには動物を殺して作った靴はいやだ、という考えなのだそうです。

長くのばした髪を真ん中からわけてたらし、シャツにブルー・ジーンズ、そして裸足というのが、若い女の子の大多数で、この格好で、飛行場だろうが、町の中だろうが、バスだろうが、パーティだろうが、まったくおかまいなしに、どんどん入って行きます。

私などは、よく足の裏が痛くならないものだと感心してしまいます。

でも、さすがに私の友だちの娘のように、寒い避暑地で裸足でいると、かかとが古いお餅のように、ひびわれて、あかぎれのひどいのになってしまいます。

ある日、この子は、あかぎれにすっかり泥がつまって、ヒビヒビになったかかとを見ていましたが、突然、病院に行くから一緒に行ってほしいと、私にいうので、ついて行きました。その子は、先生に、かかとがこうひびわれるのは、ビタミンが足りないのじゃないかと聞きました。先生は足の裏と、かかとをチラリと見て「裸足で歩いてるの?」と聞きました。その子が「うん」と答えると、「こんな寒いところで裸足で歩いてたら、ビタミンが足りてても、ひびはきれるさ。靴をはきなさい！　靴を！」といいました。

ところがその子はガンとしてそれを拒否し、どうしてもビタミンが足りないといいはって、ついにビタミンAだか、Eだかを一瓶、手に入れました。そして家に帰ると相変わらず外も家も関係なく裸足でペタペタと歩いては、ビタミンを飲んでいました。

でも、たしかに裸足というのは気持がいいものです。裸足に畳の感触、これはいままで日本人だけのものでしたが、いまに世界的になるのではないでしょうか。すでに、セントラル・パークなどで、日本の下駄をはいているアメリカの女の子に、どれくらいすれ違うかわからないくらいです。やっと靴と、じゅうたんに馴れた私たちは、いったい、どうしたらいいのでしょう。

ウィンド

英語をカタカナで書くと、ときどき困ることがあります。現在も、そうなのですが、私は「風(ウインド)」のつもりなのに、ウィンドと書くとなんとなくショウ・ウィンド、といったような感じになってしまいます。まして発音どおりウィンドウ、とすると、なおさらわからなくなります。それはとにかく、「風」について、今日はお話ししようと思っているのです。

風といえば、昔、「風邪」という英語がどうしてもわからなくて、この「風」でわかるかと「アイ・アム・ウィンド」といってまったく通じなかった、という友だちがいましたが、やはりこれは、いくら勘のいいアメリカ人にもわからないでしょう。ご存じと思いますが、ちなみに「風邪」は「COLD(コールド)」です。流感のときは、インフルエンザを略して「フル(FLU)」ともいいます。脱線してしまいましたが、これからお話しするのは「風」です。

ニューヨークは、時どき、突風が吹きます。もちろん、ニューヨークじゃないところ

にも、風は吹きますが、高いビルが多いと、ビルの谷間に特別の、うずまき風のようなのが起こって、風の強い日は、時にそれが突風のようになるらしいのです。さて、この突風が、時どき、大事件をまきおこすので、とても注意しなければいけないのです。

だいたいニューヨークの街の中のビルは、九十年から百年たっているものが多いのです。オジイさんなどはこういう古い建物を「茶色の建物」、新しいモダンなビルなどを「白い建物」と呼んで区別してるようですが、この頃、この「茶色の建物」の飾りものが強い風の日などに取れるようになったのです。

飾りものというのは、煉瓦（れんが）やコンクリートなどでできていて、ベランダを支えてる形のものや、窓の下に装飾的に出っぱったりして

る、だいたいウクレレ程度の大きさのものですが、これが建物から取れるとなると、加速度がついて大変なわけです。

いつか学校の帰りに、家の近くまできたら、歩道に人が大勢集まっているのです。どうしたのかと思ったら、この飾りものが、ビルの八階から取れて落ち、一階の床屋さんの赤と白のテントのような、歩道に張り出してる屋根をつき破って、ちょうど下を歩いていたオバアさんの頭に命中して、いま救急車で運ばれたところだ、っていうのです。随分運の悪いオバアさんですが、私だって、運が悪きゃ、こういう目に遭うわけです。

話は違いますが、よくニューヨークでは道路で人が死んでいても、人びとは無関心で通り過ぎる、なんていいますが、私の見た限り

では、むしろ日本人以上に関心を持って、むやみと人が集まるみたいです。

このときもそうで、みんな口ぐちに「なんて気の毒だ！」「どこのオバアさんだ？」「よく見かける人よ」「恐ろしいじゃありませんか！」といって、いつまでもその場を離れないのです。

それにしても、いつ風で上から物が落ちてくるかわからないのじゃ、恐ろしくて歩けやしない、と私が口の中でブツブツいったら、隣りにいた背の高いオジイさんが突然「そうです。だから、みなさん田舎に住みましょう！」と大きな声でいいました。「でも、田舎に住めないとしたら？」と、少し離れたところにいた、かつらをかぶったオバさんがいいました。するとオジイさんは「その場合は車道に近いところを歩きましょう。ただし、犬の糞には気をつけて！」といいました。最近は罰せられるようになったみたいですが、前は歩道の車道寄りや、車道の歩道寄りは、犬の糞だらけだったので、タクシーから降りるときは、まず、足をおろす前に、道を見ることが必要だったくらいです。

そんな具合ですから、上を見たり下を見たり、まるで宮本武蔵のように、いつも気を配って歩くのは大変だと思いました。

また私は、交差点で青になるのを待っていたとき、突風に押されて、前にとび出て、もう少しで車にひかれそうになったこともありました。

ニューヨークなど、大きいビルのあるアメリカの街で風が強かったら、どうぞ、みなさま、お気をつけください。

ただでさえ、日本人に風あたりの強いアメリカで、風の事故にあってはつまりませんものね。

クリスマス

私はあさはかにも、西洋人ならみんなクリスマスをする、と思っていたのですが、それは大きな間違いでした。むしろ私の友だちは、ほとんどクリスマスをしない、といっていいくらいです。何故なら、私の友だちはユダヤ人が多く、ユダヤ人はキリストを認めていないのだから、キリストの誕生日であるクリスマスを、けっして祝ったりはしないのです。そんなわけで、私はニューヨークのクリスマスを見学するために、キリスト教の友だちを探さなければならなくなりました。

ところが、運のいいことに、アルメニア人の友だちが、「クリスマス・イヴに教会に行きませんか?」とさそってくれたので、これ幸いと、行ってみることにしました。どの教会に行こうかと、いろいろ調べた結果、リンカーン・センターに近い、カトリックの教会、ということに決まりました。

このアルメニア人の友だちは、何故かイギリス国教である聖公会（エピスコパル）の信者、そして日本人の私が新教（プロテスタント）。共にキリスト教ではあっても、宗派が違うのです。それが二人揃って、また宗派の違うカトリックの教会に行くのですから、ヘンな話。もっとも、キリストをたたえることは同じなのだから、まあ、いいでしょうということになって、出かけました。礼拝は、夜の九時から始まりました。この教会をえらんだ理由のひとつは、聖歌隊、及びオーケストラつきの他にバレー（ボールではな

友人たちからきたクリスマスカード。ただしユダヤ人以外の友だちからのもの

く踊りのほう）も入るという宣伝だったからです。

この教会の建物は非常に豪華で大きく、天井は高く、立派なものです。礼拝に来てる人は年寄りはもちろん、若い人も多く、みんなふだんより、いい服を着てるみたいでした。頭の禿（は）げたオジさんや、まじめそうなお姉さん、また、汗をふきふきしてる肥ったお兄さんなどで編成されている聖歌隊はみんなお揃いの真赤なガウンで、いそいで見たらサンタクロースの団体か、と思うくらいですが、その声の揃ってよく合うことは抜群です。

ふつうカトリックの教会では、われわれの知ってるクリスマスの讃美歌を歌う、ということはあまりないそうですが、クリスマス・イヴにかぎり「聖し、この夜」「もろびと、こぞりて」「ああ、ベツレヘムよ」など、一般的な歌を、ここではどんどん一緒に歌わせてくれるのです。これがないと、みんなが礼拝に来てもクリスマスの感じがしないので、サービスに宗派を越えるのだそうです。

そのうちにバレーが始まりました。この夜のために、新しく作曲したミサ曲を、三十人くらいのオーケストラが演奏、それに合わせて、マリアが天使のお告げでみごもるあたりから、キリストが十字架にかかるまでを、四人くらいのダンサーが踊りで見せました。正面の祭壇のいろんなものを取りはらい、ふだんより広くなったところで、飛んだりはねたりするわけです。

とはいっても、ブロードウェイ・ミュージカルの『ジーザス・クライスト・スーパースター』などとは根本的に違って、やはり大変に荘重(そうちょう)でありました。これはマリア役がバレリーナにしては、ひどく肥っていたので、余計に荘重な気がしたのかもしれません。

そうこうしているうちに、ミサは終りました。暖房のきいた礼拝堂から出ると、外は気持よく冷えていて、街は静かです。友だちと別れて私はアパートに帰り、小さい暖炉に薪(まき)をくべて、火の見えるところにすわりました。おそらく、屋根の上の大きい煙突からは煙が出ていることでしょう。

私は小さいとき、サンタクロースが入ってこられるように、どんなに大きな煙突が欲しかったかわかりません。でも、サンタクロースがそこからこないことを知ったいま、大きな煙突があっても別にうれしくなく、火なんかたいちゃうんだから「大人になると、いやですねえ」などと一人ごとをいって、私は寝ることにしました。外はクリスマス・イヴにふさわしく、雪が降り出したようです。ニューヨークのクリスマスは、静かでした。

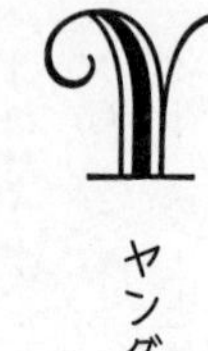

ヤング

若さ、というものは「年」に関係ないんだ、ということを、私はこの夏に、つくづく思いました。今年の夏は、ニューヨークから少し離れた避暑地に行くチャンスが多かったので、そういうところで、街の中では見られない若わかしいオバアさんをたくさん見て、とても感動したのです。その中の一人をご紹介しましょう。

私の友だちの別荘に泊りに行ったときのことです。友だちの知り合いのご夫妻からピクニックのおさそいがあったので、われわれはよろこんで出かけました。

知り合いの奥さんは、名前をベッツィーといい、年は七十歳くらい。ご主人も年はほぼ同じ。ベッツィーさんは、顔にたてにシワはあるし、美しい人ではないけれど、とっても元気のいい人で、水色のショートパンツに運動靴といういでたちで、私たちの他にこのピクニックに集まった中年の友だちや、その人たちの子供や、孫や、なんだかんだ総勢十五人くらいの一行をとりしきっているのです。

そのとりしきりかたが、いわゆる、口ばっかり達者で、というふうでなく、まるで学校を出たての若い体操の先生、という感じです。私たちは、ベッツィーさんの作った多量のお弁当や、水筒や、果物を、手わけして持って、ベッツィー家の舟つき場に行ったのですが、ここでもまた、彼女の魅力は百パーセント発揮されるのです。

「はい、女、子供は全部ここにいらっしゃい。私が救命具をつけますから」「モーターボートは二艘（にそう）あります。一つは主人が、もう一つは私が運転します」「では、貴女はこっち、貴方はあっち」「みんな乗りましたね？　じゃ行きましょう。あなた（ご主人のこと）、エンジン大丈夫ですか？　ではお先にどうぞ！」

「ではわれわれも出発します。GO！」

そうしてわれわれは、大西洋の中の小さな小さな島、「タバコ島」に到着しました。何故タバコ島と呼ばれるのかは、はっきりしませんが、昔、ここで煙草の葉を作ったのではないか、という意見が誰かから、出ました。

さて、上陸したわれわれはベッツィーさんの指示で、それぞれ、岩でテーブルを作ったり、テーブル・クロースをかけたり、サラダを混ぜたり、お皿を並べたり、パンを切ったりしました。そして、みんなでとてもおいしいお弁当を、たくさんたべて、その後、貝をひろったり走ったり、昼寝をしたり、自由に遊びました。その間ベッツィーさんはご主人と並んで散歩をしたり、若いママさんと、なにか秘密めいた話をしたり、小さい男の子に「ころんでも泣かない法！」なんていうのを教えたりしていました。

やがて夕方になり、またわれわれはベッツィーさんのいう通りに救命具をつけ、モーターボートに乗り、もとの島に帰ってきました。このピクニックの間じゅう、ベッツィーさんは実に優しく、かつ行動的で、私は心から感心しました。われわれの一行の誰よりも、彼女が魅力的でした。

その後、海に面した彼女の家のテラスで、私にこんな話をしてくれました。

「私は、つい最近、いまの主人と結婚したのよ。前の主人が死んでから、二十年間、私は未亡人だった。でもいまの人が結婚してくれたから、私はいまとても幸福なの。感謝してるわ。この別荘は、二人のなけなしのお金で作ったのよ。こんなに遅く幸福がくることもあるのね。希望はやはり持っているものね」

大金持ちでもなくて、七十歳くらいで結婚できたことは本当に素晴らしいと思います。が、これもひとえに、彼女の若わかしい魅力のせいだと思います。そして初めて逢ったときは美しいと思わなかった顔が、別れぎわには、なんと、輝いて見えたのです。

誰もが、このベッツィーさんのように、健康でいられるとも限らないけど、少なくとも彼女自身、いろんなことを努力している、と私は思いました。二十年間の未亡人生活も、彼女をダメにしなかったんですものね。

『欲望という名の電車』の主人公のように、年をとることへの不安から、正気を失ってしまったオバアさん、五年前に亡くなったご主人のことを、昨日死んだことのように泣いて見せて人の同情を買おうとするオバアさん、また、世の中のすべてのことに興味を示さず、ただ陽あたりにじーっとしてるオバアさん。そして、なにかにつけて不満をのべるオバアさん。こういうオバアさんの多いニューヨークに、このベッツィーさんのような人もいる、ってことを知って、私はとてもうれしくなったのです。

本当の若さというのは、年齢の若さの瞬間的なのにくらべて、永遠のものであると信じて、私も上手に年をとりたいと思っているのです。

ゼン（禅）

早いもので、アルファベットだよりを始めてからもう一年になります。そして、とうとうおしまいの「Z」になってしまいました。私のアメリカでの一年は、このアルファベットだよりで始まり、いま終るわけです。「Z」を禅にしたのは、資生堂の香水に「ZEN」があるからではありません。

もっとも「ZEN」は、いつも私が使っていて、特にニューヨークでは「何を使ってらっしゃるの？」と随分アメリカ人に聞かれて、鼻たかだかだったことは事実ですけれど、「Z」を禅にしたのは、なんといっても「禅」がアメリカ人の憧れだからです。「サトリ（悟り）」はいまや、「ジュウドー」「カラテ」と同じくらいポピュラーになっています。

外国人同士が集まっての座禅大会。それほど本式ではなくとも数珠をいつも肌身はなさず持っている人たち、禅の食事と称する日本食をいつもたべている人、ブルックリンの植物園の中に、京都の竜安寺と全く同じ石庭ができていて「禅ガーデン」と呼ばれているのですが、そこに出かけて行って、悟りを開こうとする人、ブームといっては失礼ですが、アメリカでは、ますます禅を知ろうとする人が増えているようです。

考えてみれば私も、一年仕事を休んで、セントラル・パークのベンチに腰かけて、一日中じーっと自分の生きてきたこと、これからのことを考えていたときもありましたから、これも大胆にいってみれば禅に通じるものかもしれません。

いま、お経が日本で流行っているそうです。流行っているといういいかたはいけないかもしれないけど、般若心経のカセット・テープが大変な売れ行きだそうです。たとえ流行にもせよ、ひとり静かに精神を集中するのは、いいことだと思います。

私はテレビの仕事にもどっても、セントラル・パークのベンチのことは忘れないようにしようと思っています。

この一年、みなさまのはげましのお手紙や投書で、どんなに力づけられたか、わかり

ません。心からお礼を申し上げます。

それでは、ここで最後のお別れの言葉「またお逢いする日まで」をドイツ語で申し上げます。なぜドイツ語なのかというと、ちょっとしゃれになっているからなので、どうぞ、そのしゃれをお見のがしのないように、おねがい申し上げます。

それでは、みなさま。アウフ・ヴィーダーゼン！

『繭子ひとり』と私

日本と違いまして、アメリカは、サービスが悪いといいますか、それとも働く人がみんなで平等にお休みをとるといいますか、とにかく日曜日というのはお話にならないんです。デパートはもちろん、レストランも、いろんなお店も、みんなお休み。ホンのちっちゃい立ち喰いのようなところですとか、小さいスーパーマーケットのようなものは多少、開いていますけど、ほとんど全部が閉まっていて、日本でいったら、元旦の東京です。

ですから当然、郵便物の配達も日曜日はありません。ただ、速達ですとか、電報ですとか、そういうものの場合は、郵便屋さんが配達してきます。

そしてまァ、ほとんどのニューヨークのアパートはそうなんですけれども、入口にドアマンとか、エレベーターボーイ、それから、いろんな使用人が大勢いるお金持ちのアパートは別として、ふつうのアパートは、泥棒が入らないような仕掛けができています。

それは、アパート全体の入口のドアが外からけっしてあかないのです。私が自分自身で入るときは、合鍵で入ればいいのですけれども、来客がどうするか、といいますと、ドアの外に名前を書いた郵便受けがありまして、そこにボタンがあります。そのボタンを「ビー」と鳴らしますと、私の部屋のベルが「ビー」と鳴るんです。そこで、インターホーンがありますから、「どなたさまですか」というと、郵便受けのところから、「誰それでございます」ってお客さんから声があって、そのかたなら入っていいということを私が判断いたしますと、部屋の中にあるベルを、今度こっちが「ビー」と押すわけです。

そうすると、私がベルを押し続けている間は表のドアがあくんです。これは不思議で、たとえ、私の部屋が四十階でも、一階の表戸があいちゃうんです。そして、私が入ってもらいたくない人のときには、もう知らん顔しておけば、永久にそのドアはあかないわけなんです。

この仕掛けは非常にいいのですが、泥棒の場合は頭がいいですから、どこの家のボタンでも目茶苦茶に押すんです。そうすると、インターホーンのないアパートや、これわているところでは、誰だかよくわからないから、郵便屋さんかもわかんないしっていうんで、自分の部屋のベルが「ビー」と鳴ると、なんとなくこっちも「ビー」と押しちゃうと、スウーと建物の中に入ってきて、ほかのうちの部屋に泥棒に入ったりして、迷惑がかかることもあるんです。

そこで、私のアパートの管理人のオジさんは、どんなことがあっても自分の待っている人以外のときは、けっして表のドアをあけてくれるな、と厳重にいってました。

私のところも、インターホーンがもうこわれておりましたから、私は知ってる人の場合は、必ず電話をかけてから来ていただき、それ以外に「ビー」と鳴ってもけっして返事をしないことにしていたんです。

よく留守番をしている仔羊のところに狼がきて、「トントン」なんてノックして、「お母さんだよ」なんていうのと同じような気がいたしましたけれども、けっしてあけなかったんです。

さて、ある日曜日に、「ビー、ビー、ビー」と鳴るんです。あんまり「ビー、ビー」押すもんですから、誰かしらと思って、通りに面している窓をあけて下を見ましたらば、郵便配達の赤い自動車がとまってました。

「じゃ、まア、いいか」と、ベルを押しましたら、一分くらいして部屋のドアチャイムを「ピンポン」と鳴らしたので、今度は部屋ののぞき穴からその人をよく見たんです。

そうすると、郵便配達人でしたので、大丈夫だとは思いましたけど、部屋の鎖は厳重にしめたまま、「どちらさまでしょう」といって、少しあけたら、「郵便屋です」といって速達をくれました。

In holiday fashion: something oriental; traditional bunny on 8-year-old Miriam Ortiz' hat; a capital bonnet from San Juan.

Easter Parade Is for Little Girls All Aglow

『デイリーニュース』の紙面を飾った振袖姿

私は「どうもありがとう」といって、そういうときは、チップは別にやらなくていいですから、ドアをしめました。そしてその速達を見ましたら、話は長くなりましたが、文藝春秋からだったんです。

『文藝春秋』四月号に、随筆を書いてほしいというご注文で、ちょうど私が一九七一年の九月までやりました『繭子ひとり』（ＮＨＫ連続テレビ小説）のこと、どうでしょうっていうふうに書いてありました。

ちょうど、その頃、ニューヨークで『繭子ひとり』のロケーションをやることになっていたので、そのときの模様を書かしていただくことにしました。それを、これから読んでいただくのですが、この中に、ちょっと書くのを忘れたことがあります。

私が五番街のいちばん賑やかなロックフェラー・センターの前でひどいオバさんの格好になって撮影をしておりましたときに、外国人の女の人がスッと私のところに寄ってきまして、日本のある新興宗教の名前をいい、私に入らないかと、英語で勧誘してきたんです。

ふだんの格好のときはこないのに、まァ、よっぽど私が、そういう宗教を必要としている人のように見えたのでしょう。そして、一生懸命、集会に出ないかと勧められてしまい、断わるのが大変でした。

この同じ五番街も着るものによって違ってきます。

この撮影の少し後のイースターパレードのときに、振袖を着て歩いてみましたら、たくさんのキャメラマン、ニュース・キャメラマンが私を写しにきました。

この頃は、イースターパレードといっても、昔のような花のついた帽子をかぶる人も少なく、新しいアイディアの、いわゆる珍しい格好も種切れのところに、私が振袖で歩いたものですから、みなさんとっても珍しがって、何十人、何百人から写真を撮られたか、わかりません。

その日の夕方のテレビのニュースとか、翌日には『デイリーニュース』その他のいろんな新聞に大きく写真が出たくらいでした。

もちろん、私が誰ということではなく、イースターパレードの中の美しい東洋の風俗という具合に紹介されたわけです。

では、速達でご注文の「『繭子ひとり』と私」（原題「『繭子ひとり』でまなんだ事」）を、読んでいただくことにいたします。

『繭子ひとり』と私

そう長くはないけれど、短くもない私の女優生活の中で、私のやった役のほうが、本人の私を無視して、みなさまの支持を受けた、というのは、初めてのことでありました。田口ケイ、というのが、その役名なのですが、私の現在住んでいるニューヨークで受けとる手紙の大部分が、こんなふうな文章で終っています。「田口ケイさんはどうしていますか？」「田口ケイさんによろしく！」「田口ケイさんに逢えなくて寂しいです」……。

私自身も、だんだんもう一人、田口ケイさんという、私とは別の人間がここにいるような気になってきました。事実、別の人間と思っていただきたいくらい、みっともなくて、なりふりかまわない家政婦のおばさんなんですけど。

この役を始めたのは、昨年（一九七一年）の四月からで、NHKの朝の番組『繭子ひとり』でした。初め脚本をいただいたとき、どんなふうにやったらいいのか、考えあぐねてしまいました。これまで一度もこういう役をやったことなかったし、やる以上は、やったことのないふうにやってみたかったし。

青森県八戸の出身。船員だった旦那に死なれて、罐詰工場などで働いて、小学校五年の息子と、年とった自分の母親とを必死になって養ってきたが、少しでも給料を余計にとれれば、と上京して家政婦になる、という筋。

東北弁に関しては、子供のとき疎開していたので、アクセント、並びに、ニュアンスというものはわかっているつもりでしたから、それほど心配しませんでした。

話はちょっとそれますが、この『繭子ひとり』の繭子さんの生まれて育った土地、という設定になり、いちやく脚光を浴びた三戸に、私は疎開していたのですから、偶然とは不思議です。

しかも、私の家族は、田舎というか、疎開するところがなくて、戦争がひどくなっても、行く場所がなかったのに、ひどくなるちょっと前の夏に、北海道に旅行したとき知り合った親切なおじさんが、「家にいらっしゃい」といってくださったので、ご厚意に甘えて行ったところが、ここだったのですから、数ある東北の町や村の中から、このドラマの中心地と決まった所に疎開したというのは、偶然にしても愉快です。

さて、役づくりのことですが、第一に、なりふりかまわない人にしよう、と決めました。かまわない、というより生活が忙しくて、かまえないというのが本当のところなのですが、はっきりそう見えるためには、なんといっても髪の毛が一番。そこで短い毛にパーマネントをかけっぱなしの洗いっぱなしというかつらを注文。ＮＨＫの床山（とこやま）さん（かつら屋さん）が私の意図をわかってくださって、素晴らしくイメージにぴったりの、「雀（すずめ）の巣」のようなのを作ってくれました。

また、かぶりかたも、知的じゃないことを表わすために、ひたいを極端にせまく見せるように、深くかぶることにしました。

第二に、一生懸命に働く人、という印象を強めるためと、ふだんの私の顔と、是非違ったものにしたいので、度の強い近眼の眼鏡をかけることにしました。

この眼鏡についても話があります。このドラマの中で繭子のお祖母さんを演じてらっしゃる北林谷栄さんが、百五十個くらいお持ちのご自分の演技用の眼鏡の中から、非常に度の強いのを貸して下さったのです。

ところが、これは本当に度があるので、私は馴れていないのと、元来からのドジのせいで、失敗の続出。なにしろ、これで見ると、見たのより実際のものは、一メートルも近くにあるので、戸を開けよう、と思ったときは、もうぶつかっている、という有様。これで演技をなさる北林さんには頭が下がります。

それとキャメラに写ると、私の目が、あずき粒くらい小さく見えるために、目の表情が見えない、と演出のほうから申し出があったので、顔は別人のように見えて、私はとても気に入ったのですが、お返ししました。

つぎに、やはりこの中で、芸者屋さんのおかみをやってる富士真奈美さんが、彼女のヒット作『細うで繁盛記』で使ったのを持ってきてくれました。これは中央だけが素通しで、まわりが、うずまき状のレンズになっているので、目の玉は画面にちゃんと写り、全体ではかなり近眼に見えるので、これがいい、ということになりました。

北林さんにしても真奈美さんにしても、なんて親切なのだろうと思います。自分の大切な小道具を他の女優に貸す、というのは、なかなかできないことです。ましてやそれが、その役の重要なポイントになることがわかっている場合に。この際お二人に深く感謝したいと思います。

続いて、第三は、着るものですが、これは趣味とかファッションとは永久に無縁の、野暮ったいものを探し、綿で作った肉を着こんで、「どうでもいい」といった体つきに

テレビ『繭子ひとり』より

してみました。お腹の肉をつまむと、たっぷり東京の電話帳くらいあります。このおかげで、よくスタジオの外のベンチで休んでいると、「黒柳さん、お肥りになりましたね」と声をかけられました。

第四はメーキャップです。東北は寒いので、外で働いていると頬っぺたが赤くなって、それが暖かくなっても、シミシミのようになって、とれないのです。

現在はどうかわかりませんが、私のいたころは、紫に近い赤い頬っぺたをした行商のおばさんなど、たくさん見かけました。この頬っぺたの色も北林さんのパレットの中から頂戴しました。顔の色は、当然まっくろ。昔からまっくろになって働く、といいますものね。

……とこんな具合に、私なりにあれこれ考えて、初めての本番の日になりました。自分の化粧室ですっかりメーキャップも着つけもすませ、それでも時間があったので、NＨＫの食堂に行きました。

ちょうど、「繭子」のディレクターの隣りが空いていたので、「おはようございます」といって、すわりました。そのディレクターは、チラリ、と私を見ると、「はあ」と口の中でいうなり、まったく私を無視して、隣りの俳優と話を続けるではありませんか。「なんて冷たいこと」と私は「もしもし」といいました。彼はふりむいて、けげんそうに私を見ると、ちょっと困ったような表情をして、また隣りと話し始めました。

その瞬間、私は「もしかすると、私ということがわからないのではないか！」ということを発見しました。そこで「私、黒柳よ」といいました。そのときの彼の顔を、本当にみなさんに見ていただきたいと思いました……。そして、彼は口をあけて、私の顔を数秒見つめた後、「本当だ！」といいました。

テレビでご覧くださったことのあるかたは、どんなふうないでたちかおわかりと思いますが、画面より、実際のほうが、もっと私とわからず、しかもメーキャップなど自然で、どこにでもいる汚ないおばさんとしか見えないから、わからなくても無理はないのです。

そのかわり、それ以後つらい目にも遭いました。この役でヴィデオテープに録画し始めてから、二カ月は放送に出ませんでしたから、ＮＨＫの中でも、私が田口ケイという人物である、ということをご存じのかたはごく少数だったので、どこに行っても汚ないおばさん、というあつかいを受けたのです。

廊下や食堂で知ってる人に挨拶しても、ほとんどの人から無視され、ウェートレスからは邪慳にガチャン！なんて食器をテーブルに置かれることもしばしば。食券を買うときお財布から一万円札を出したときは、まわりの人みんなが疑いっぽい目で私を見ました。またトイレに行けば、人に押しのけられたことも何度かあります。

でも、これは私が、こんなにも扮装が上手なのだと、威張りたいために申し上げているのではありません。この役を通して、私は、いろんなことを発見したのです。

ふだんいちおう、顔の売れている職業をしていると、なんとなく人に親切にされるのに馴れてしまって、世の中はそういうものだ、といつの間にか思いこんでしまっているのだ、ということが田口ケイさんのおかげでわかったのです。

つまり世の中は、汚ないおばさんだからと不親切にしたり、邪慳にしたりしているわけではないのです。これがふつうなのです。

例えば、私がふだんの格好で食堂に行くとします。そして誰かに「今日は！」といえ

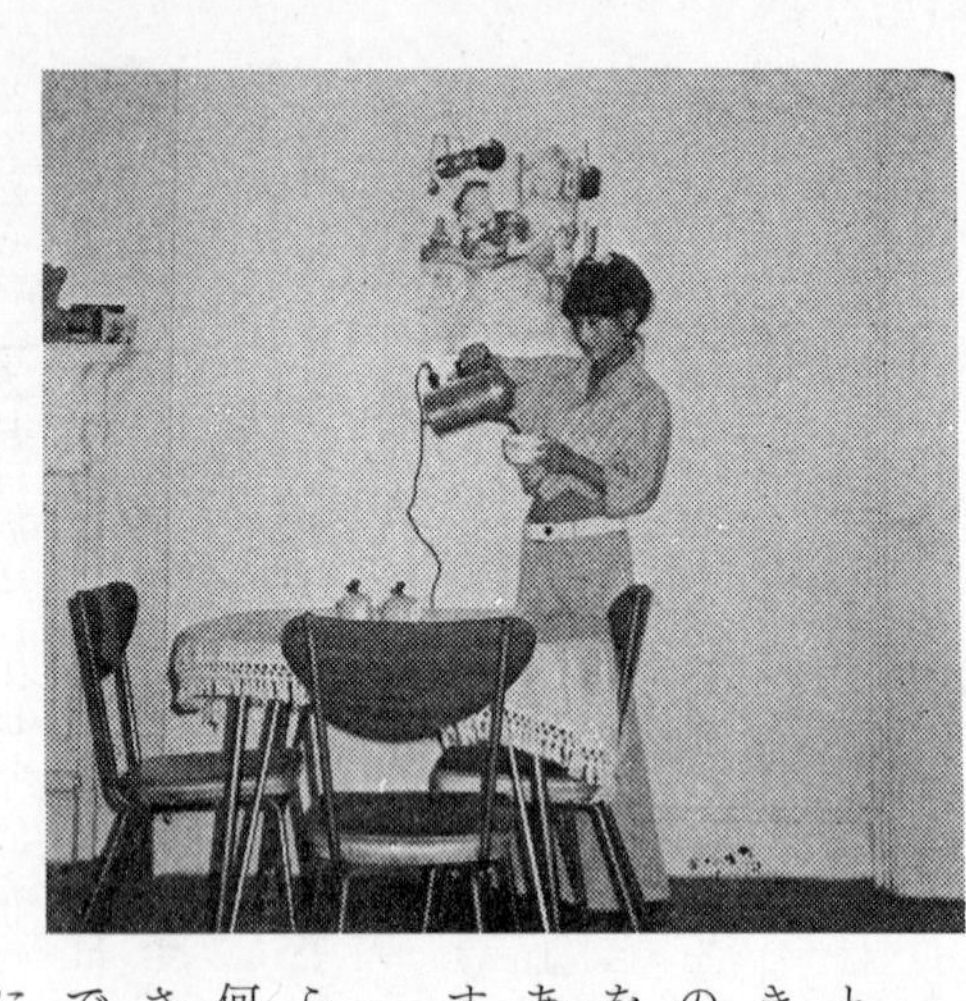

ば、「元気?」とか、「今日はなにやるの?」とか、みんな話しかけてくれます。

でも、田口ケイ、という人は、みなさんにとって知らないおばさんだし、知らなくても、きれいな人だったら、そこで何かが発生するのだけれど、生憎と、知り合いになりたい気を起こさせる女でもないから、みんな「はあ」と頭を下げるだけで、もう私に目をもどすこともなく、通りすぎてしまうのです。

ウェートレスさんにしても、私はふだんから顔見知りだし、冗談をいったりするから、何となくニコヤカに置いてくれるので、ケイさんだからガチャン! と置くのではないのですが、口もきかずに黙って置かれると、私には、ガチャン! と置いたように思えてしまうのです。

　また入口だの、トイレだので押しのけられたり、というのも、こういう扮装をしてると、おのずから態度もノソノソとなり、要領も悪く、モソモソしてるから、当然、人は追い越していくのです。

　……と、こういうふうにわかるまで、私は、こんなにも人びとは、容貌、いでたちで差別するものかと、冗談でなく哀しいおもいをしたのです。そのうちに、私のほうも馴れてきて、この格好のときは廊下でもはじを歩き、食堂でも目立たない場所にすわり、トイレでも、なるべくみなさまのお邪魔にならないようにつとめ、けっして人から優しくだの、親切にしてもらおうと思わないというようになってきました。

　でも、私は女優だから、もとにもどれるけど、実際のこういうおばさんは、こんなふうにして人生を送って行くのだな、と考えたら、ある日、ふと涙が出るくらい悲しい気分になりましたが、反面、だからこそ、こういうおばさんは、自分の家族や知ってる人たちを、心から愛するのだし、人からしてもらう親切は、それが小さくても有難く思い、感謝も忘れず、人にも同じようにしてあげたいと考え、小さい幸福を心から喜ぶことができるのだ、と、知らない間に、人生に対して感受性のにぶってる私にとって、田口ケイさんの生活は、なにかをあたえてくれました。

　役を通して、なにか別の人生を見る、ということは、よくありますが、これほど強い経験は初めてでした。

さて、こんな具合で、放送のはこびとなり、おかげさまで、この田口ケイさんの人柄はみなさまに愛され、初めの交渉では、週に二回くらい、というお話だったのですが、ほとんど毎日、というふうになってきて、ケイさんの頭も、ますますボサボサになっていったのであります。

話は、私自身になって恐縮ですが、女優になりたいなど一度も願わず、ただ、いい母親になりたいため、子供に本を読んで聞かせる方法を教えてくれるかと、NHKの試験を受けた、というい加減な私にとって、いままでは、大変ラッキーだった、と思います。ただ、いまだに本を読んで聞かせる子供がいないのは残念ですが、それを別にすれば、この職業を続けてこられたことは、よかったと思います。

そのかわり、あまりにも忙しい毎日であったため、ゆっくり他の人たちのやってることを見つめる暇も、自分自身について考える暇もなくここまで来てしまったし、また創造的であるべきこの仕事が、まるで、オフィスにおつとめしているような繰り返しになってきた恐ろしさもあり、どうしても休暇をとることが必要と、この数年間考えてきました。

そして昨年の九月から一年間、休むことに決め、いまニューヨークのアパートで、これを書いてる、というわけなのです。

ここでの生活は、思ったより楽しく、また結構、だらけもせず、いい按配(あんばい)に緊張した状態で続いています。

どんな暮しかということを少しわかっていただくために、ある一日の生活を書いてみましょう。

二月のある日。

八時半起床。暖かく、いい天気。コーヒーを作る。インスタントではなく電気コードがついて、グツグツボコボコと音のするポットで沸かすコーヒー。お琴で演奏したバッハのレコードかけながらゆっくり飲み、演技のクラスが十時からなので、九時二十分に家を出て、日本に原稿を送るため郵便局にむかう。郵便局で、字の書けない黒人のお婆さんに、嫁に行った娘に誕生日のカードを出したいので、宛名を書いてくれと頼まれ書いてあげる。カードの隅に、しみだらけの節くれだった手で、子供のようにボールペンを握ってゆっくりと彼女は自分の名前を書いた。でも私にはそれは字というより、しるし、のように見えた。

急いでバスに乗る。このあいだから五セント値上がりして三十五セント、そのかわり、どこまででも行ける。五分もかからず、カーネギー・ホールの裏にあるスタジオに着く。

先生の名前は、メリー・ターサイといって、もと女優でもあるお婆さんだが、素晴らしく教えるテクニックの豊富な人で、感受性もあり、情熱もあるので、私は大好きだ。ただし、すべては英語だから、どれだけ私がわかっているかは問題だけど。生徒はプロの俳優、男女十五人くらい。

俳優といっても、大山デブ子の再来のような大巨女あり、いつもぬれそぼれたようにあわれっぽい女あり、白髪がまざっているというのに少年っぽい話しかたの女性と見まがう男あり、初めての日、私がスタジオの管理人と間違った、ふつうのおじさんのような中年男あり、日本で思う俳優というイメージとは、まったく違った人たちがここにいます。そして、ほとんどが失職している。なにしろ現在ブロードウェイでは八五パーセントが職なし、という話。

授業の始まる前に、私の隣りにすわった背の高い、白っちゃけた毛のおじさんに、この人ももちろん、俳優だけど、「どうして、いつもあなた早退するの?」と聞いてみた。いつもお昼前に出て行くから。「銀行の中にある食堂にお皿並べに行くんだよ。僕もたべないわけにはいかないからね」

これにくらべれば、日本はまだまだ楽だと思う。しかもここの彼らの演技力のほとんどが、水準か、それ以上いってるのだから。

今日の授業は、いかに早く役柄をのみこみ、セリフをよく理解するか、ということで、私は『ふくろうと仔猫ちゃん』という脚本を渡され、約三ページぐらいをジョウという男の子と、みんなの前でやらされる。

その後、メリーは、ひとつひとつのセリフのイメージなどについて私たちに矢のような質問をし、私たちは自分の考えを答え、また繰り返してやらされる、といったふう。

こっちで面白いと思うのは、生徒の先生に対する態度。心の中では尊敬してるのだろうけど、返事やジェスチャーは「はい、先生!」というようにはけっしてならない。

例えば、メリーが、「貴女のこのセリフは、こういうふうに考えるべきだと私は思うわよ」というと、いわれた女優はしばし考えた後、指でメリーを指して、「そうよ、メリー、あんたは正しいわ!」

私にしてみれば、先生に対して「あんたは正しい」ということはないと思うけど、考えてみれば、たしかに先生だからって、いつも正しいとは限らないかもしれない。

そのかわり、メリーのいったことがすごくよかった時は、「メリー、あんたはなんて

ニューヨークは五番街のど真ん中で田口ケイに扮して（テレビ『繭子ひとり』より）

素晴らしいの！　まったく、その通りよ。そう考えるべきだったわ！」と、素直に自分の気持を伝える。

と、こういうことが四時間、ぶっ続けに行われる。メリーはその間、のべつ煙草を吸う。この授業は一週間に一回。

終った後、数人でコーヒーショップで今日の勉強について話し合う。

その後、四時から、家の近くのトニー・ガーデルという歌の先生の家に行く。これも一週間に一回。一時間半で十五ドル（四千五百円）。

舌とお腹と、頭蓋骨などが疲れたところで、トニーお得意のピーナッツバターのクッキーと、コーヒーが出て、レッスンが終る。彼の妻は、もとオペラ歌手で引退。いまもトニーのレッスンを受けているという話。でも、主人だから、月謝ただのせいか、一向に声がよくならないといっている。

私の後にレッスン受けに来た女の子は、明日、新しいミュージカルショウのためのオーディション（テスト）がある、とうれしそうに私たちに話す。うまくいけばいい。でも仕事にありついても、そのミュージカルが三日で中止なんてザラだから、安心出来ない、昨日も一つミュージカルが開いて一晩で閉まった。

アパートに帰る途中、飼い主と同じミンクのコートを着て歩いている小さい犬を見かける。よくこういう毛皮のコートを着た犬に逢うが、自分の毛はどうなってるのだろう。

……この後、友だちのディナーに招ばれて出かける。なんてことになるわけだけど、あまり私のことが長くなって、ケイさんのこと書くスペースがなくなると、彼女に悪いから、このへんでやめますが、とにかく、元気で、のんびりとした生活なのです。

そんなわけで、私がニューヨークに来ることを決めてしまったため、田口ケイさんも、どうしても来ないわけにはいかず、アメリカ人のメイドになって、ニューヨークに渡る、という話で、私の出番は終ったのです。

あの格好をして羽田でロケーションをしたときは、ちょっとしたものでしたが、とにかく涙の洪水で、飛行機に乗りこみ、ジャンボと共に大空の中に消えていき、お別れ、と思っていたところ、「その後の田口ケイさんのニューヨークでの生活を知りたい」というみなさまの声が大きいから、とある日エアメールで、見馴れた雀の巣のかつら、眼鏡、綿の肉が、ドスンと、このアパートに到着したのです。そこで田口ケイさんを叩き起こして、撮影が始まりました。

こちらのNHKの報道のキャメラマンと相談。五番街とセントラル・パークを主なロケ現場と決定。運よくか、悪くか、前の日からの大雪のため、どこもかしこも真白な中で、ケイさんは頰っぺたを赤くして活躍することになりました。外国人の家で働いている、というシーンは、素晴らしい家具にかこまれたアパートをお持ちの女医さんのお宅を拝借。

この女医さんのすぐ近くに小学校と中学校が一緒になった学校を見つけたので、中から子供たちがワァーッと出て来るのを待って私の息子(もちろん、役の息子)がアメリカに来たときに入るのは「ここだよ」っていうシーンを、ハプニングで撮ったりもしました。

その後、五番街の高級デパート、サックスの前で、撮りましたが、さすがにケイさんだけのことはあり、流行の先端をいっている美女や、しゃれた紳士、ヒッピーなどの中にまざっても、ひときわ個性的で、珍しいものに馴れているはずのニューヨークの人も、こぞってケイさんに注目したのであります。

扮装のための衣裳は、メーシーズという比較的手ごろなデパートの地下の特売場で、それらしいのを買い集めました。撮影することが決まってから、こちらの家政婦やメイドさんのいでたちを研究して作ったのが、写真(127ページと136ページ)の扮装です。

この他、ロックフェラー・センターの前だとか、セントラル・パークだとか、日本の食料品店で、インスタントラーメンなど買っているところなどを撮り、まことにスムーズに無事終了。セリフもテープに録音し、そして、すべて終ったのです。

アパートにもどり、衣裳をぬぎ、最後に残った頬っぺたの赤いのをコールドクリームで落しながら、私は「これで、本当にお別れだね！」と田口ケイのセリフでいってみました。

こういうわけで、田口ケイさんのニューヨークでの生活は、三月の中旬に放送され、みなさまに見ていただけるはこびとなりました。

ニューヨークに来てもハイカラにならず相変わらずのあのスタイルで、頑張ってるケイさんが、どんなふうに、みなさまの目に映ったのか、知りたいと思っています。

そうそう、別れるとき、ケイさんがこういいました。

「もしか、今度お逢いするときがあったら、そのときは、誰か私を気に入った人が現われて、もう少し私も幸福になってるかもしれないですよ。長いことお世話になりました。みなさまもお元気で！　グッドバイ！」

綴方（つづりかた）・ニューヨーク

ニューオーリンズのフレンチ・クォーターで

モノローグ〔Ⅲ〕

「チャックより愛をこめて――綴方・ニューヨーク」は、『話の特集』に一年間連載したものです。

私がアメリカに行くってことが決まりましたときに、『話の特集』の編集長の矢崎泰久さんから、なにか書いて毎月送ってほしいというご注文がありました。矢崎さんはこの本の装幀・レイアウトをしてくださった和田誠さんなんかと同じ俳句のお仲間なんです。

ただ、私はアメリカでどんな生活になるかわからないし、どのぐらいいろんなことを書けるかもわからなかったので、あんまりはっきりお約束をしないまま、アメリカに出発してしまいました。

さて、九月に日本を発って、ニューヨークに落ち着き、十二月の初めに、ニューオーリンズでTBSのテレビの仕事をやることに決めてあったので、スタッフのかたがたと、ニューオーリンズの街で落ち合ったんです。

そうしましたら、日本から頼まれてきたといって、大きなトランクをひとつ私に渡して下さいました。

それは、私のうちから私の好物のおせんべ、桑名の「たがね」その他、いろんなかたからのことづけもの、とかが入ってたんですけど、そのトランクの一番上に、刷り上がったばっかりの『話の特集』と、「話の特集」と印刷された二百字詰め原稿用紙がドサッと入っていたんです。そして、矢崎さんからの手紙もありました。それには、和田誠さんがタイトルは「チャックより愛をこめて」がいいだろうとお決めくださり、イラストも和田さんがやってくださるから、と書いてありました。

そしてもうひとつ、今月の俳句の会の宿題は「こたつ」ですから、手紙でご投句下さい、ともありました。さらに、一年間の切手代ですといって、封筒の中にお金も入っていました。

翌日、私はそのお金を持って、ニューオーリンズの街へ行ったんですが、そこでこの

「綴方・ニューヨーク」の終りのほうに出てきます「誰でもグラマーになれるシャツ」（240ページ）っていうのを買ってしまったもんですから、もう書かないわけにはいかなくて、次の月から『話の特集』に原稿を送るということに決めました。

ただ、「アルファベットだより」と全然別の形式にしたいので、どうしたらいいかと考え、それには小さい女の子の書いた綴方のようなものがいいんじゃないかと思ったんです。

まァ、女の子、それも小さい子が書く分には、相当はっきりした男女のことだとか、それからまたいろいろな政治的なことなんかも、何の抵抗もなく書けるんじゃないかと思いましたし、なにかそういう女の子の綴方のような形をとって、書いてみたいと前から思ってはいたわけです。

ところが、だんだん終りのほうになってきますと、やはりテレビの仕事のことですとか、いろんなことが出てくるので、ときどき子供じゃないみたいな部分もありますけれども、そこのところはお許し願いたいと思います。それでは「綴方・ニューヨーク」をお読みくださいませ。

×月×日　耳がちぎれる寒さの日

今日はお友だちの藤田敏雄ちゃんと一緒に、大勢のおばさんが踊ったり歌ったりする『フォーリーズ』というミュージカルを見て外に出たら、あんまり寒かったので、私は、こまくが破れたかと、とても心配したんだけど、敏雄ちゃんの「とにかく飲みましょうか?」というのが聞えたので、破けたのではないと安心しました。

そのとき、高いビルディングの上に9°と出ているのが見えましたから、私は、すぐバッグを開けて紙を出しました。紙はティッシュペーパーかと思うでしょうけど、それは違うので、なんの紙かといえば、「温度比較計算書」というようなものです。

アメリカは、ビルディングでも、人の背でも、なんでも高いのが好きだから、温度の見かたも高くって、この前も「今日は何度?」と聞いたとき、「50度」と誰かがいったから、私は死ぬのではないかと思いましたが、それは日本の10度で、おどろくことはないのだと誰かがいいましたから、おどろかないことにしました。

でも、私は日本の温度で知りたいから、この前、越路吹雪ちゃんと旦那さんの内藤法美さんがニューヨークに来たとき相談したら、旦那さんは、私の学校の数学の先生より頭がいいので（そして、私の学校の先生の変な、たこのような顔よりハンサムでとてもいい）見ればすぐわかる計算書をグラフ用紙で作ってくださいました。その紙を出して、見たんだけど、9°というのは、9度のことだから、9と交わる（坂本九ちゃんとまじわるのとはちがう）線で、すぐわかりました。それは日本の零下12度と13度の間だったので、「日本人としたら、とても寒いのではないか」といったら、ホテルの入口のドアを開けたり閉めたり、おさえたりする肥ったおじさんが「アメリカ人としても寒いのであります」といって、鼻も頬っぺたも赤くして気の毒だったから、チップをあげようかと思ったくらいでした。くらいでしたというのは、思っただけであげなかったことです。「どうしてホテルに入ったの？」なんてママや学校の先生が聞くと思うからいっとくけど、そのホテルは、ふつう大人のひとがいうホテルとは違って、お食事やお酒やダンスしたりするかわったホテルです。でも敏雄ちゃんや敏雄ちゃんと一緒に『題名のない音楽会』って番組を作るNETテレビジョン（現在のテレビ朝日）のおじさんたちも、ここに泊っているというから、寝るところもあるのかな。よくわからないけど、とにかく♨こういうマークのないホテルです。

　このホテルの地下で、お酒だけでなくお食事もして、家にかえって寝ました。

×月×日　木につららの下がる天気

今日はセントラル・パークの入口で、おばけ犬に逢いました。おばけ犬は黒くて、日本の私の家にもいるプードルを十五匹くらい山もりにまるめて、毛もほどいて極太（ごくぶと）の毛糸で編み直して作ったくらい大きいプードルです。足の太さは、毛がクルクルしてるから、本当のとこはわからないけど、ふつうの日本のおねえさんのももくらいあって、よつんばいになると、なると、っていうより犬だからよつんばいだけど、だいたい『話の特集』の矢崎泰久ちゃんくらいあります。泰久ちゃんのよつんばい見たことないけど、見たらきっとこの犬と同じだとわかります。ただ全体的にいうと、おばけ犬より泰久ちゃんのほうが、やさしい感じです。

そんな大きいのに本人（犬のこと）は、自分のこと（やっぱり犬のこと）とても可愛いと信じて私にとびついたから、私はひっくりかえって下じきになったので、とてもしゃくにさわって「SHIT！（くそ）」と、いつも私のお友だちのジョーがいうようにいおうとしたんだけど、そいつを連れてるおじさんが、ちょっとお腹にひびくようないい声で「彼女を許してやって下さい」といったから許してやりました。彼女っていうのは、

PARK DR.
NORTH
WEST 72 ST.
PARK DR.
SOUTH

おばけ犬のことで、メスなんだな、とわかりました。

私の犬にも、うんとたべさせたら、こんなに大きくなるのかと思うけど、口が小さいから、あんなに大きくなるくらいの食物をつっこむのは、とても無理だと思いました。

×月×日　冬らしい日

今日は『題名のない音楽会』のおじさんやお兄さんが、フィルムを撮りに私の学校に来ました。黛(まゆずみ)敏郎さん、敏雄ちゃんも一緒でした。私がどんなふうに暮しているのかテレビジョンに映すというので、私はドキドキして、前の晩、寝るときは、よく寝られなかったので、寝られないのかなと思ったら、後でとてもよくねむれたので、目がさめたときは一時間も寝すぎて、十時からの学校に三十分も珍しく遅刻してしまいました。目ざましはかけたはずなのに、ドキドキしてたから針だけ合わせて、目ざましというマークにスイッチを合わせなかったのに違いないとぼんやり考えていたので、またそこで十分余計に遅刻してしまいました。

カーネギー・ホールという、えらい音楽をやる先生たちの出る建物の後ろに学校はあるのですが、そこで私は週一回、演技のお勉強をしています。先生の名前は、メリー・

ターサイといって女のおばさんですが、とてもいろんなことたくさん知っていて、私は尊敬しています。

いろんなことといっても、演技のテクニックのことだけじゃなくて、この世の中のいろんな出来ごと、例えば、お姉さんがお兄さんに捨てられることとか、お母さんは息子を気に入ってるのに、息子は逃げ出したがっていることとか、お兄さんが、よそのお兄さんを好きになることとか、また、お芝居に、ニューオーリンズとか、ブルックリンなんて場所の名前が出てくると、とてもこまかく、そこがどんなところか頭に絵が描ける人で、どんな小さいセリフでも、必ずこういったイメージというのをつかまえていいなさい、とみんなにしつっこくいいます。

みんなというのは、俳優を仕事にしてる私のお友だちです。その中には、大山デブ子の目の青いみたいに肥った女の人や、ぬれねずみのようにいつもショボショボしてる男の人や、『オー！カルカッタ！』という、お兄さんもお姉さんもお風呂に入るときみたいに、全部ぬいで、私みたいにちょっとかくしたりしないで、わざわざ見せているお芝居に出ている、お姉さんもいます。

私は、みんなが英語でお芝居をするから、仕方なく一緒にするんだけど、時々つまんないと思います。どしてかというと、今日みたいに、その場で台本をわたされて、たっ

た十分くらいで、自分の役の性質とか、まわりの状況、相手役との関係なんていうことをつかんで、たしかな感情を出して台本を読んで見せる、なんて授業のときは、日本語だったらいいのにと思ってしまうのです。

でも、日本語で読みたかったら、日本にいたらいいのだからと考えて、私のもらった脚本は、テネシー・ウィリアムスという、一度パーティで逢ったことのあるひげの生えた小さいおじさん……このおじさんは、いきなりパーティで、私を両手で抱くと「今晩は！」といいました。もし、テネシー・ウィリアムスって誰かが教えてくれてなかったら、私は「ヘンなおじさん」と思って失礼するところでした。……で、このおじさんの書いた『バラの刺青』で、役はローザという、うんと若い女の子が、バラの刺青をしたお兄さんと別れるのが悲しいといって泣いたり、いろんなことをいうシーンで、それをクラスメートのジョージとやるとこ、テレビジョンに映るというから一生懸命にやりました。台本を片手に持って、先生のいうように、ジョージの顔をさわったり、抱かれたり、肩につかまったり、溜息をしたり、うんとしたから、本当のことみたいにつかれました。でも「どうして？」というのに「WHY？」なんていわなきゃならないから、だんだんアメリカ人になっちゃわないかと心配になって、終ってから鏡を見たら、日本人だから「ああ、よかった」と日本語で思いました。

これが日本でいつ放送になるかといえば、三月四日ころなので、テレビのある人は見てくれればいいなと思いました。

そして今日は、夜、男性の恋人をもってるお兄さんが、珍しい芝居を見につれてってくれました。どんな芝居かといえば、いつもシェークスピアの芝居をやる上手な俳優が、急に馬鹿になったみたいなことばっかりやる、とても面白い芝居です。終って、夜はねむくなったから、目ざましをちゃんとして寝ました。

×月×日　バーゲンで買った狐のコートのちょうどいい日

今日は、グエン・ヴァードンという、歌やダンスが目茶苦茶に上手なおばさんが、歌もダンスもやらないで、お芝居だけ目茶苦茶にやる『チルドレン！チルドレン！』という新しいお芝居を、よそのお兄さんと見に行きました。お話は、大晦日の晩、お金持ちの家に時間ぎめの子守が来て、ご主人たちが出かけた後、子供三人の面倒を見るという筋で、その子守がグエンおばさんなんだけど、この三人の子供がとても悪くて、心臓麻痺で死んだとご主人たちが信じてるこの前にいた子守も、本当は三人で殺したんだって。そいで今度の子守も殺そうとするとても恐い話だから、私はずーっとお兄さんの手を握って見ていました。

一番小さい子は男で六歳くらい、まんなかが女の子で九歳くらい、一番上が男で十三歳くらい、みんな私の学校のお友だちくらいの歳なのに、とてもひどいことをするの。一番小さいのが、グエンおばさんのスカートをまくったり、女の子なんか、おばさんの膝にのって、初めは赤ちゃんみたいに甘ったれておばさんのオッパイをさわっているうちに、もうせん、夜おそくテレビで見た映画で、おじさんがよそのお姉さんの、そこん

とこをさわってお姉さんが「うふん」なんていったと同じみたいな手つきでさわったから、グエンおばさんは「いけません」て立ち上がってブラウスをなおしながら小さい声で「まさか、あの歳で」なんていいました。お客さんは笑ったけど私は笑うとこじゃないのに、と思いました。でも、大きい男の子が一番にくらしくて、おばさんの猫を暖炉に放り込んだり、電気消したり、階段からつき落そうとしたり、大嫌いになりました。

ちょっとわかんなかったのは、この子がグエンおばさんに「ママをどう思う？」って聞いて、おばさんが「綺麗な方ですわ」というと、その男の子が「ママはフカンショーだよ」っていったとき。隣りのお兄さんに「フカンショーってなに？」と聞いたら「冷蔵庫

のこと」といいましたから、きっとママはそういう方面のお仕事をしてるんだなとわかりました。

お話はだんだんグエンおばさんが殺されそうになって、やっとご主人たちが帰って来て助かったと思ったら、三人の子供は急にとてもいい子になったから、グエンおばさんは正気じゃない人と思われてお医者さんに連れていかれるという、いいとこのない劇だから、私はつまんないと思いました。前にテレビで見たこういう恐いお話は、たいがい最後に「あっ！　と驚くタメゴロー！」なんていっちゃうくらいのデングリ返し（編集部註・ドンデン返しのこと）があって、「まさか、あの人がねえ」なんていってるうちに終るのが面白いんだけど、これはいつまでたってもデングリ返しが来ないからくたびれてきて、そいでも、「もしかして……」なんて見てたら、最後の瞬間に、ご主人たちが子供をちょっと疑ったみたいなふうだったけど、それよりご主人と仲が良い秘書のお姉さんのほうが問題で、奥さんがおこって、大夫婦げんかになって二人が寝室に入ると、舞台が暗くなって、子供が三人、自分たちの部屋からそーっと出て来て、じっと両親の部屋を見つめてる、というところで終りました。もしかすると、「子供が悪い子になりますから夫婦げんかはやめましょう」ってアメリカのパパやママに教えてる劇なのかもしれないから、私のアパートの下の部屋のおじさんとおばさんに「見なさい」っておしえてあげようと思いました。

でも私は心配だ。本当の小さい子供が毎日、こんな悪いことをお芝居でやると、本当に悪い子にならないのかな。お兄さんに聞いたら、小さくてもプロの俳優なんだから大丈夫だよといいましたけど、スカートなんかまくるの毎日やるのはいけないと思います。でも学校でこれをやると立たされるのに、ここでは平気だから、私も一緒に出て、学校でやるとても叱られる「タマのけりっこ」なんか、みんなでやりたいと思いました。

×月×日　上天気

今日は、夏の初めくらいのいいお天気でした。学校に行こうとアパートを出たら、交差点のとこの八百屋の壁によっかかって、私のアパートの管理人のおじさんがぼんやりしてたから「何してるの？」と聞いたら、「日光浴」といいました。ニューヨークのビルディングは背が高いから、太陽にあたるのには、交差点がいいのだなと思いました。私もついでに並んで、五分くらい立ってみたけど、なんだかホームレスの親子になったような気がしたので「行ってまいります」といって走ってバスに乗りました。窓から見たら、おじさんはそのままの格好で太陽のほうをむいていました。

×月×日　日本でいえば初春

こっちの外国人のおじさんやおばさんは、よく大きい声で文句をいいます。文句じゃなくても、自分のいいたいことがあるときは、知らない人でもつかまえて何かいう。返事をしなくちゃいけないのかどうか、時々、私は困るけど、たいがい「本当に」とだけ

いうことにしているのです。

今日も道を歩いてたら、『このドアは閉鎖してあります。他のドアをお使い下さい』と大きく書いたドアを、よそのおばさんが顔が真赤になるくらい力を入れて、ガタガタ押したりひっぱっていて、力で開かないとわかると、今度は「ハロ！　ハロ！」なんて、何度も叫んで、そのうちちゃっと書いてある字を読んで、そいで怒った声で通りがかりの私をつかまえて「なんで初めからそういわないんでしょうね」っていって、ほかのドアのほうに歩いていったけど、いわなくてもちゃんと書いてあるのにと思いました。

そして、しばらく歩いていったら道路のわきの木に、大きい茶色の犬がしばられておとなしくすわっていたから見ていたら、むこうのほうから歩いて来たおばさんがその犬を見て「馬鹿犬！」とどなって、私を見て「いやな犬じゃない？　あんたもそう思うでしょう？」っていきなり聞いたから「本当に」といったら「いい子だね」っていって通りすぎていきました。

そのおばさんは別にその犬と知り合いってわけじゃないのに、ただ見ただけで悪口をいいたいのです。でもほめる人もたくさんいるからおあいこだとおもうんだけど、例えば、綺麗なお皿なんかがウィンドに飾ってあると、「美しいこと、一生のうちにこんな綺麗なお皿が持てたらね」なんていったり、いいお天気の日には、「なんて素晴らしい日なんだろう！」とか「こんないいお天気は百年ぶり」なんていいます。

よく見るとその人の歳は百歳には見えないから、本当は嘘だって思うんだけど、そんなふうに思ってることを素直にいうから、私としては悪いことじゃないと考えて、いつも「本当に」というんです。

でも日本で知らない人にこんなこと話しかけたら、きっとヘンな人だと思われると思うから、いわないほうがいいと思います。

×月×日　いい陽気のち雨

今日は夕方マーケットへ行って、ハムとか、ソーセージとかをサンドウィッチ用に切って貰おうとお肉売場に並んだら、私の前にミンクのコートを着た白い髪のおばあさんがいて本当はおばあさんなんだけど、目のまわりは緑色で、口紅は真赤で、顔は真白で、ちょっと漫画みたいに描いてるから急いで見たら若いおばさんかな、と思うかもしれないけど、私は長い時間並んで待っているから、はっきりおばあさんだってわかっちゃったから、おかしくなって「イヒヒヒ」と少し笑っちゃったら、おばあさんも私を見て「イヒヒヒ」と笑ったのは、どういうことかな。私も漫画の顔に見えるのかな。

でも、このおばあさんはとても素晴らしい人だと思いました。どうしてかというと、自分の番になったら「ハム一枚!」といったからで、考えれば自分の要る分だけ買えばいいのだからおどろくことはないんだけど、やっぱり一枚だけ、というのは特別のやり口だと思って尊敬しようかと思ったけど、見てたら今度はパンの売場に行って「一枚!」といって、パンのばら売りはありませんと断わられてるとこみれば、変ってる人なのかな。ミンクのコート着て。

そうそう犬にも同じミンクのコート着せてたんだ。犬はもともと自分の毛皮があるのに、その上によその動物の毛皮があるもんだからチクチクするのか、ひっきりなしにあっちこっちボリボリ掻(か)いてて、せっかくミンクを着せてるのに、ふつうの犬よりもっと

パーティには振袖で。右端の紳士はイサム・ノグチ氏
撮影／エリオット・エリソフォン

貧乏そうに見えて可哀そうだと思いました。おまけにボリボリ掻いている最中に、ハム一枚もったおばあさんに急にひっぱられたものだから、あおむけにひっくり返って、そのまま外までひきずられて行きましたから、犬の商売もたいへんだと同情しました。

夜は勅使河原宏さんの監督した映画『サマー・ソルジャー』の特別試写がジャパン・ソサエティーであるので、そいで私もその映画に出演しているから、振袖を着て出かけました。こっちに来たばかりのとき一人で振袖着るのに三十分近くもかかったけど、いまじゃ馴れたから七分もかからないで着られるから「感心しちゃうじゃないの」っていってみたけど、一人で住んでいて返事はないからがっかりして出かけました。

勅使河原さんは、スタジオで見てもニューヨークで見ても同じように魅力的に見えたからうれしくなって、ボーイさんが配ったシャンペンをお祝いに一杯飲んで、ついでにもう二杯飲んだら酔っぱらった気分になって、帰りの車に乗るとき振袖のたもとを水たまりの中でひきずったから泥んこで、家に帰って「馬鹿じゃない？」といったけど、誰も「そうね」といわないから、私は馬鹿じゃないとうれしくなって寝ました。

今日は忙しい日でした。

×月×日　雪だらけ

今日は、ニューヨークから車で二時間半くらいのところにある、ハンター・マウンテンというスキー場に、お兄さんたちと行って遊びました。お兄さんの一人がそこに家を持っているからです。

誰かの日頃の行いがいいせいか、多分それは私なんだけど、とてもお天気がよくて、しかも雪はたっぷりあるっていう具合で、とてもうれしかった。リフトがお好みに合わせて四カ所もあるので、ウィークエンドだったけどそんなに並ばないで乗れたし、乱暴な人や、われさき、という人もいないから、のんびり楽しく遊びました。

ただ、私は小学校のときスキーをずーっとやったけどそれからやっていないから、足を折ったりアキレス腱(けん)を切ったりしたら大変……。なにしろ、もうせん聞いたんだけど、アキレス腱ってすぐ切れるもんなんですってね。『話の特集』の矢崎泰久ちゃんなんか、スキーじゃなくて、自分の家の近くの神宮外苑で、マラソンやろうかな？　と思ったら、もう切れちゃったんだって。そいで和田誠ちゃんとか、永六輔ちゃんとか、灘本唯人(なだもとただひと)ちゃん、それから山下勇三ちゃんなんかマラソン組合のお兄さんたちは、矢崎泰久ちゃん

が冗談いってると思ったら、本当だったんだって。だから、私も切れないといいな、と思ったら切れなかったんで、よかった、とよろこびました。

最後の日は、みんなで、一番高いリフトで、とんがってる山の頂上まで行って（そこからまっすぐ下まで滑っておりるというと、それは古いとこでトニー・ザイラーさん、ちょっと古いとこでジャン＝クロード・キリーさん、そして新しいとこではルッツさまのやることだから）まっすぐのはやらないで、頂上でリフトを降りたら山の裏側から、リンゴの皮をむくみたいな具合にくだる、三マイルのコースにいどむことにしました。三マイルというと、何キロになるのかな。とにかく、相当の距離で、おまけに、いくらリンゴの皮でもとんがった山には違いないから、一度ころぶと、ころんだ形のまま、どんどん下にむけて、ころがってしばらくは止まらない、という坂。

そいでも私は頑張って、わりと早く下まで着いて「上手だったでしょう！」と、みんなにいったら、私よりずーっと上手なのに、私よりずーっと後に着いたお兄さんたちが、「本当に！　僕たちは、あの断崖絶壁を見ちゃったもんだから、ちょっと、自由に滑れなくてね」なんていうから、「断崖絶壁ってどこんとこ？」って聞いたら、「あれ？　いま滑って来たとこ、道の片側は全部だよ。柵（さく）もないから、ちょっと急なカーブのところで飛び出しちゃったら、おしまいなのに、君は勇気があると思って後から感心してついてきたんだ」っていうじゃないの。須賀勇介ちゃんも、うなずいていた。

だから「あーら！　私、ちっとも知らなかったのよ。一度なんか、スキーが半分道から外にはみ出して止まったことがあったけど、下を見なかったから。わぁー、よかった！」ってほっとして、そういえば「君子危きに近よらず」って、こういうことというんだわ、と思ったから、アメリカのお兄さんにいったら、「そうです。こちらにも、そういうこと、わざがあります。天使危うきが故に近よらぬとこに、馬鹿は飛びこむ！」やっぱり私は馬鹿なんだわ、きっと。

×月×日　スモッグのない日

グエン・ヴァードンという、有名なおばさんが出た『チルドレン！チルドレン！』というお芝居を見た話を、この前書いたけど、やっぱり、つまんない、という私の考えは間違っていなくって、私の見たあの一日だけで、この芝居は閉鎖になりました。一日だけのために、あんな丈夫そうな二階まであるステージセットを建てた大工さんは、がっかりしたと思います。そうかといって、いい加減に作って、その芝居があたって五年も六年ものロングランになったら大変だから、やっぱり希望的カンソクのもとに丈夫に作っちゃうんだと思います。

それから、初めから終りまで喋り続けたグエンおばさんは、あんなにたくさんのセリフを、次の日から忘れるお稽古するのだから、きっと「がっかりだわ」といっているでしょう。でも、三人の悪いことをする子供の役をやる三人の子供は、一日だけしか悪い子じゃなくてすんだから、よかったと私は考えています。あんな悪いこと（どんなに悪いかは、「バーゲンで買った狐のコートのちょうどいい日」を読みかえすとわかる仕掛けになっている）を、毎晩遅く舞台で子供がやるのはよくない。どうせ大人になれば悪いことするのだから、せめて子供のときは早く寝るに限る。でも私は、この日記を書かなくちゃならないから、たいがい早く寝ないで、ずーっと起きているのです。
でも、今晩は、テレビで催眠術の上手なおじさんが、たくさんのきれいなお姉さんに催眠術をかけて、いろんなこと（いろんなことってどんなこと？　って聞かれても教えてあげない。真似する人がいるといけないから。すごいこと）する、こわい映画を見ていたら、おじさんがテレビの中から、どうも私のほうを見て「貴女はねむくなる、ねむくなる、ああ、もう寝てしまった」って大きい目を光らせていったから、私は歯をみがくひまも、頭をとかすひまもなく寝てしまいました。

×月×日　一日中ねむい日

ゆうべテレビで催眠術をかけられて寝て、朝起きたら、まだねむいので、考えてみたら、「はい、目が覚めました。気持よく、覚めましたね」っていうのやってもらわないからだと思って、テレビつけたけど、もうあのおじさんはどのチャンネルにもいないから、仕方なく、自分で「はい、目が覚めました。気持よく、覚めましたね！」っていってみたけど、やっぱりねむいから、また寝ました。

そいでお昼頃起きたけど、やっぱりねむいから、あの催眠術のおじさんを探して、やってもらおうと思ってテレビガイド見たら、あの映画は三十五年前に作られたものってわかった。きっとあのおじさんは、もうすごいおじいさんになってるに違いない。

私は、どうしたらいいかな、と考えながらまた寝ました。

×月×日　すがすがしい気候

今晩は、ちょっとしたパーティがあったので、着物なんかで出かけて、夜中の一時ごろアパートに帰って来て部屋の外まで来たら、中で電話が「リーン――――（次のリーンまでアメリカの電話は間が長い）――リーン」と鳴っていたから、急いで鍵でドアを開けて部屋に入り、ドアから電話まで、蛙みたいに飛んで受話器をつかみ、「もしもし」といいました。

すると電話の線のむこうはじにいる人が、「しばらくでございます」といいました。

ふつうなら「どちらさまでしょうか？」というところですが、この人の声は、まぎれもなく、他に類のない声だから、すぐわかったので、「永六輔さまじゃありませんか？」といったら「はあ、さようでございます」と、まぎれもない人はいいました。

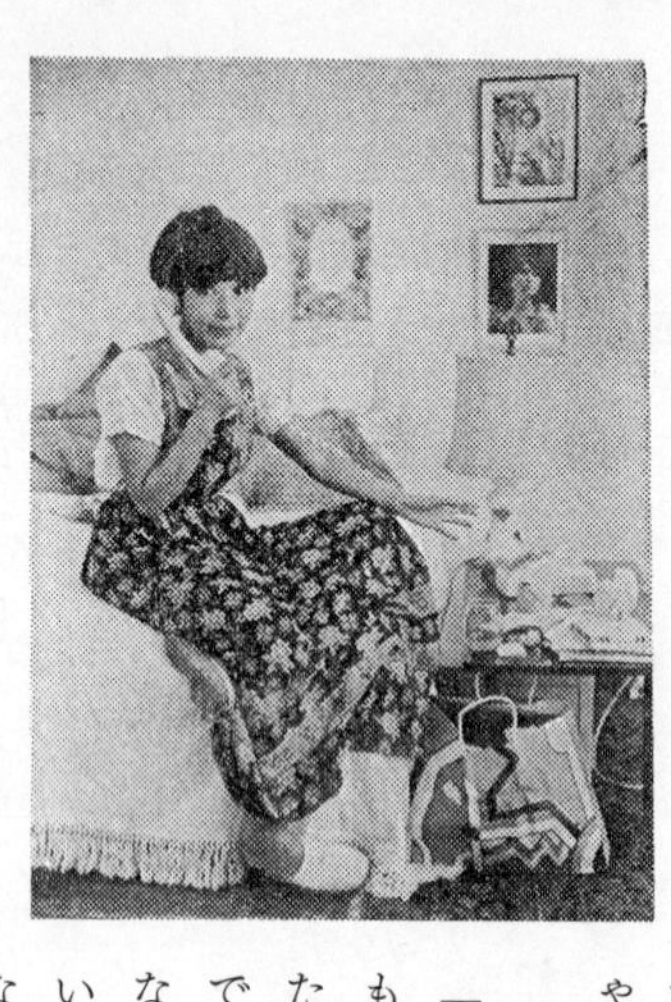

もっとも永六輔ちゃんの声は、皇太子殿下のお声に、とてもよく似ているという話を前に聞いたことはあるけど、まさか皇太子殿下からかかって来るはずはないから、永六輔ちゃんと決まったわけです。

まぎれもない声は次にこういいました。

「君はアメリカにいるのに、日本語で『もしもし』っていうの？」そういわれてみれば、たいがいは「ハロー」なんていうのに。急いでいたせいか、それとも、勘が働いたせいかな。もっとも、「もしもし」というのは、よい考えかもしれない。かけて来たのが日本人なら、すぐ日本語でいいし、アメリカ人なら、私って、すぐわかるし。

それはともかく、「ニューヨークにいるの？」と聞いたら、「サンフランシスコ」っ

ていうから、がっかりした。「本当はロスアンゼルスに着く予定なのに、どういうわけかサンフランシスコに着いてしまって」「でも、ニューヨークに来る？」「いいえ、僕は世界一周早廻りをしているんです。テレビの『遠くへ行きたい』の外国版『私の感情旅行』のロケで、六日間で地球を一周するから、ほとんど飛行機から降りないで、降りても飛行場だけで、ご飯ばっかり次々とたべて日本に帰るんです」「あーら、でもそれはもう貴方じゃなくちゃ出来ないわ。しっかりたべてね」

それから、日本で別れてから五カ月ぶりだから、うれしくなって、私の声も放送に出るって、そのときは知らなかったから、アメリカに来るパンダのことや、いろんなお話をしていたら突然、「悪いけど、飛行機がロスに向けて出るらしいから。じゃ、元気でね。さよなら」といって、電話線のむこう側のまぎれもない声の人は、いなくなりました。

声が聞えていると、その人は目の前にいるように思えるけど、電話が切れると、その人は、このニューヨークから六時間も離れているのだ、とはっきりわかって、とても遠い人になってしまうのです。私は受話器をかけて、しばらくの間、白い電話器をじーっと見ていたら、ちょっと涙が出たような気がしたから、冷蔵庫を開けて、チョコレート・プディングを出してたべました。そしたら、とてもおいしかったので、うれしくなって『チョコレート・プディングの歌』を作曲して、歌ってみたら、全然よくないので、がっかりしてまぎれもない人の成功を少しいのって、歯をみがいて寝ました。

×月×日　晴　上天気

朝、起きたトタン、お天気もいいし、今日こそあることを実行しようと決心しました。それは、このニューヨークにいる日本人のお友だちにお弁当を作ってあげる、ということです。

このお友だちは、絵を描くのがとても上手で、どんなにお上手かというと、アメリカ

の有名な美術館が買ったくらい、たいしたもんだ。で、その子（編集部註・ニューヨークに問い合せたところ、その子とは三十二歳の男性）が病気になったので、どうしたら慰められるか研究したら、外に食事に出られないから、おにぎりとかいうような日本のものがたべたい、といったから、「おやすい御用！」と、よくみんながいうように軽い調子でいってみたけど、私にとっておやすい御用では、本当はないんです。きっとみんなは、私をケーベツするに決まってる、私がこれから、あることをいうと。そしてダメな女とかいろんなことをいうんだろうけど、そんなことかまわないで、ちょっといってみると、ご飯が炊けないんだ。

もちろん、炊いたことは何度かあるけど、

たいがい電気釜とか、圧力釜といったみたいなものでやったから、そんなのがなくて、目の前にお米とふつうのアルミのお鍋をおいて、じっと見ているうちに、「こりゃ、一体どうすりゃいいんだ……」という恐ろしい気分になってくる。もちろん、お米をといで、三十分くらいザルにあけて、それからお鍋に入れて水を入れることくらいは知ってるし、水の量は、お米の上に指をひろげて乗せて、手首のところまでくるくらいがちょうどいいので、それでなんとかいくだろうとは思ったけど、もし失敗して、今日もおにぎり持って行かれなきゃ、そのうちあの子は病気がなおって、本当の日本のお料理屋さんに行って、専門家がおやすい御用で炊いたおいしいご飯なんかたべるに決まってる。そしたら、相当がっかりしちゃうじゃないの。

そんなわけで、私は実行に移す前に、真剣に取り組むに限ると思ったから、私のいままでの人生で、誰かがご飯を炊くシーンを想い出して、その中から何かを参考にしようと考えてじーっと目をつぶってみたけど、どうしてもおいしいご飯を、私がたべてるとこしか目に浮かばないから、これはいい考えじゃないと思いました。

そこで、お友だちの須賀勇介ちゃんに電話することにしました。この子は、ヘアー・デザイナーといって、お姉さんやおばさんなんかの髪の毛をきれいにしてあげる仕事をしてるんだけど、とってもお上手で、モナコのグレース王妃とか、ジャクリーヌ・オナシスさん（もと、ケネディ大統領の奥さんだった人）だとか、バーブラ・ストライサンド、キャンディス・バーゲン、ジェーン・フォンダ、ラクウェル・ウェルチとかいう有名な女優さんたちやトップ・レディーたちが「お願い出来ませんかしら？」というから、やってあげるんです。ついでにいうと、ファッション雑誌の『ヴォーグ』とか『ハーパースバザー』の中身はもちろん、表紙もたいがい勇介ちゃんなんだ。で、この子はとても若いのに、いろんなこと、なんでも知っているから、「ご飯の炊き方知ってる？」といったら、すぐに「はいはい。初めチョロチョロ、中パッパ……あの、セックスのことじゃないのよ、これ、ご飯の炊きかた……」っていって、なにからなにまで丁寧に教えてくれました。で、どんなことそれから教えてくれたかっていうと、その通りやったら、あまり上手に炊けたから、㊙にすることにしたので、ここには書かない。

それで、タラコ、梅干、シラスボシ、それからカツオブシなんか（ニューヨークは日本のたべもので無いものはない）中心部に入れた小さいおにぎりをたくさん作ったんだけど、型が同じに揃わないから、全部海苔で風呂敷みたいに包んで、並べたので、パッ！　と見たら「お見事！」というようなお弁当になったのです。その間、自分用のおにぎりも作って、最低六個はたべたから、お腹がいっぱいになって、唸りながら作りました。あと、いろんなお漬物をきれいに切って銀紙に包むと、ピクニックのように見えました。このお漬物は、私の仲良しのお洋服デザイナーのお姉さんが、エアメールで日本から送ってくれた大切なものなんだけど、病気の子をよろこばせるためだから、気前よく切ったのです。

このお弁当を「どうぞ」とひろげて、病気の子がどんなにおいしいってよろこんでたべてくれたかをゆっくり書くと、感動的で泣きたくなってくるから、書くのはやめることに決めました。それにしても、人に優しくしてあげようと努力するのはいいもんだ。

×月×日　写真びより

私は今日、セントラル・パークに振袖を着て出かけました。なぜかというと、アメリカ人のキャメラマンが、セントラル・パークの白木蓮(はくもくれん)が満開なので、それをバックにして、日本的な写真を撮りたいって、私の親がわりのアメリカ人を通して、たのんで来たからです。そして、私は、その人に前に一度逢ったことがあるんだけど、いい人だと思ったから、モデルになってもいいといったんです。

私は、白い木蓮に似合うように、白地に、赤やオレンジの花や、グリーンの松とかが、

撮影／エリオット・エリソフォン

古風に染めてある上等の着物を選んで、上手に着て、出かけました。このキャメラマンは、エリオット・エリソフォンという人なんだけど、ちょっと見たら、誰もキャメラマンと思わないで、田舎のおじさんだと決めると、私は思います。だって、ずんぐりとした頑丈な体に、洗いざらしの紺のデニムの上着とズボン、紺の運動靴に、赤に白と黒の模様の入った大きいハンケチを腰にぶらさげたという格好、それで汗をふきふき、歩くんだから。おまけに、セントラル・パークの中の、どの木、どの花を見ても、それが、なんであって、なんの仲間の植物か、なんて知ってるし、同じように見える雀でも、どこが違うか、なんてことを夢中になって話すから、どうしても、農村の人と思えるんです。

誰もこの人が、もと『ライフ』の世界的なキャメラマンで、『ライフ』がのせた第二次世界大戦のときの、いい写真をたくさんこの人が撮ったとか、また、アフリカのことでわからないことは、この人に聞けというくらいのアフリカ通で、アフリカには、こんないい芸術、文化があるんだから、アメリカにいる黒人は、なにも恥じることはないんだ、というような写真とかフィルムをアフリカで撮り続けた、なんて想像できないと思うんです。

でも、よく見ると、目の鋭さとか、体の動作の機敏さなんかから、やっぱり、そうか

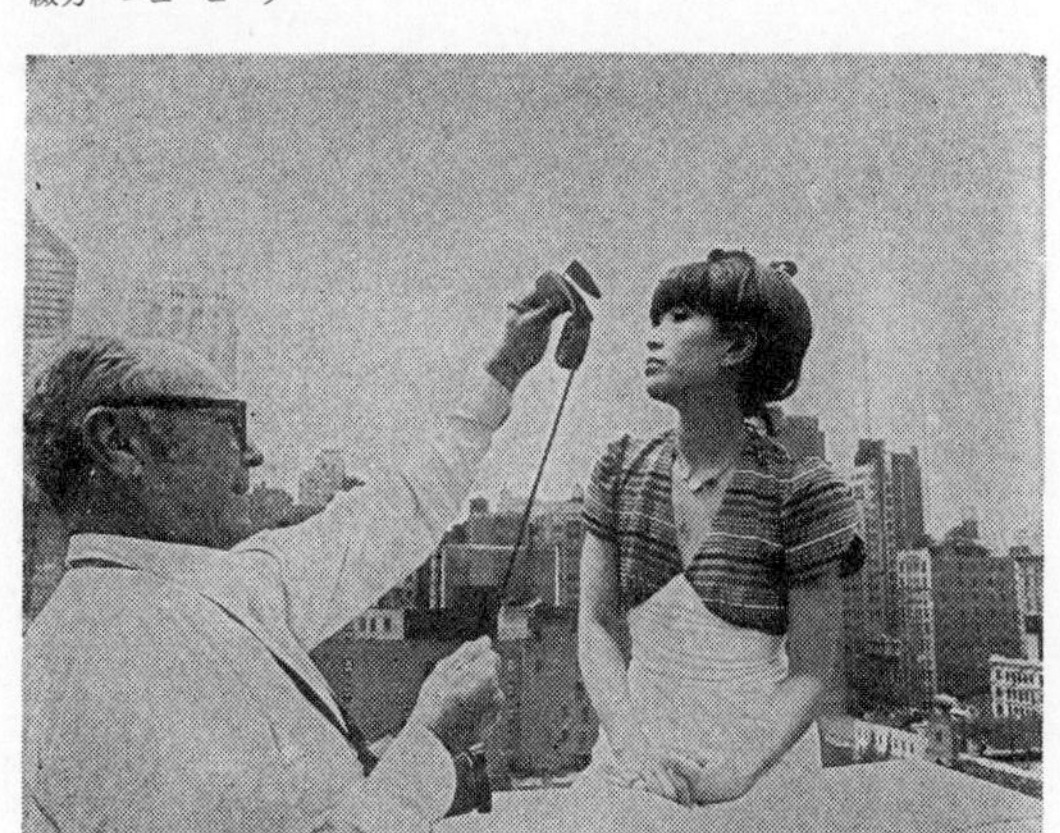
世界的キャメラマン、エリオット・エリソフォン氏のモデルになって

な？　って思えるところもあるけど、私はやっぱり地面にはいつくばって、「この羊歯は……」なんて、一生懸命、説明する田舎のおじさんみたいなほうが、似合ってると思いました。

私が木蓮の前に立つと、エリソフォンさんは「ワァオ！」と叫びました。つまり、とてもいいということなんだって、わかったけど、あんまり大人のキャメラマンは、こんなふうにいわないものだから、私はちょっと恥ずかしくなったけど、いわれるようにポーズをしました。

犬を連れたお婆さんや、日本人の観光客や、ローラー・スケートをはいた子供や、太鼓をかついだ黒人や、赤ん坊をおぶった男のヒッピーや、いろんな人が、珍しがって集まって来て、私のことを見ました。日本の着物が、こんなにきれいなんだって見せる、いいチャンスだと思ったから、私はなるべくキレイに見えるように努力しました。

でも、撮るほうを見てるほうが、本当は面白い。エリソフォンさんは、白黒のと、カラーのと、二台のキャメラを首からぶら下げてるんだけど、まず、そのどっちかで一枚シャッターを切ると、すぐ自分の立ってる場所をかえて、そこで一枚、次にすごい早さで露出をかえると、パチリ、（本当はパチリ、なんて呑気なんじゃなくて、シャカッ！って感じなんだ）、すぐ場所をかえて、シャカッ！　キャメラを換えてシャカッ！　キャメラを横にしてシャカッ！　縦にしてシャカッ！　そしてその間中、私に喋りかけて、笑わせて、私にポーズをつけるために、左のほうの腕を、ひろげたり、ふりまわしたり、もう、おかしくなった人みたいに一生懸命やるんだから。

でも、私にいわせてもらうと、たかが、私の着物姿を撮るのに、戦争でも、ライオンでもないんだから、そんな偉い人が、こんなに真剣にやることないのに、と思ったんでした。でも、この人は、これでいままでやって来たんだし、そして、もう三十年以上、写真を撮り続けてるのに、まだ楽しくてたまらないというふうに、情熱的に仕事をする人を見るのは、いいものだ、とも思いました。そして、カラー写真のテクニックを最も早く世界に紹介して、カラーの先駆者なんていわれてる人の撮った私は、どんなに見えるかな、って、楽しみに思ったんです。

たった十五分で仕事は終りました。エリソフォンさんは、赤いハンケチで汗をふきふき、あんまりうれしくて、歌が出ちゃうくらいだ、といって、大きい声で、『オー・ソレ・ミオ』を歌ったんだけど、ひどい音痴だったんで、私は悪いと思ったんだけど、笑っちゃったら、自分でもおかしくなったらしく、彼も笑って、私たちは木蓮の下で、しばらく笑い続け、ちょっと見たら、木蓮も笑ってるように見えました。

今日は、いい大人に逢えて、よかった日でした。

追記

この文が本になろうとするいま（一九七三年四月）、エリオット・エリソフォンさんが脳出血で亡くなったという報が入りました。

日本の文化の本当の理解者で、日本の墨絵に傾倒し、その手法を水彩にとりいれて、画家としても有名だったし、日本の文化を正しくアメリカに紹介するフィルムがないことを残念がって、それを作ろうとしていたところだったと聞きました。

彼を記念して、彼の撮ったすべての写真、中でもアフリカに関するもの、また彼のアフリカ美術のコレクションなどを中心にした国立アフリカ美術館が、ワシントンに出来ることが決まったそうです。ちょうどいま、セントラル・パークでは、白木蓮が咲いている頃。御冥福（ごめいふく）を心から祈りたいと思います。

×月×日　肌寒い天気

私はいま、ニューヨークから、ローマに行く飛行機の中にすわっています。どうしてローマに行くのかというと、テレビマンユニオンの仕事で『私の感情旅行』という番組を作るためです。三カ月くらい前に、ニューヨークに電話があって、「私のかんじょう旅行という番組ですが……」とお兄さんがいったから、『私の勘定旅行』だと思って、お金を勘定しながら旅をする番組なんだなあー、でも私は、足し算は上手だけど（もちろんヒトケタ）、引き算はうまくないから、困ったもんだと考えていたら、そうじゃなかったので、「そんなら、やりましょう」といったのです。

そんなわけで、いますわってるんだけど、ジャンボの中は、すごく混んでいて、まるで市場のようです。というのは、アメリカの弁護士さんの団体でいっぱいで、弁護士さんはほとんどがお爺さんで、全部奥さんを連れていて、だいたい、お爺さんが連れているのはお婆さんに決まっていて、お爺さんの希望としては若い奥さんなんだけど、世の中はうまくいかないで、お婆さんは長く生きるし、頑張るから、どうしても、お爺さんはお婆さんと一緒にいることになって、ジャンボはお爺さんとお婆さんでいっぱいという有様になるのです。

いま、聞いていたら、機長のアナウンスで、「入歯がとどいています。上部の入歯をなくされたかたは、至急御連絡ください！」といいました。これは私の作った冗談ではなく、本当のことで三回もくり返しアナウンスされました。

ここで夕食が配給になりましたので、失礼してたべることといたします。メニューは、エビ、貝、魚など海産物のクリーム煮にご飯、アスパラガスのサラダ、チーズ、苺のケーキ、コーヒーなどで、全部平らげることに成功。

いま、機長から「御協力ありがとうございました。唯今、入歯は持ち主にかえりました。御安心下さい」という挨拶がありました。食事をする段になって、入歯をなくしたことに気がついたに違いありません。

ここまでで、乗ってから二時間経過。これからローマまでの六時間、どうやって暮そうか、と考えているうちにねむくなったから、寝るのが一番いい、と思って目をつぶったけど、弁護士組合の乱交パーティが（編集部註・社交パーティの間違いではないかと思われる）騒々しくて、とても寝ていられないので起きて、二ドル五十セントも払って、耳につめこむイヤホーンを借りて、本当は音楽や映画のセリフを聞いたりするためのものなんだけど、私は耳栓にするために借りて、寝ることにしました。

それにしても、弁護士組合は誰も寝ないのは、どういうわけかな。これでもし、ハイジャックにでもあったら、どんな騒ぎになるかって想像したら、有難いことに疲れてきて、ねむれそうになりました。

×月×日　そよ風天気

無事ローマに着きました。誰かが飛行場に迎えに来ると連絡あったのに、誰も来ていないようなので、半分ねぼけまなこであたりを見廻し、どうせ「すべての道はローマ」っていうくらいだから、「誰かが迎えに来ないからといって、泣くこともなし」なんてぼんやり考えながら、人混みの真ん中につったっていたら、実はそこんとこ、全部、キャメラに写されていたのです。

永六輔さんの本に、『遠くへ行きたい』のスタッフはよくだます」と書いてあったけど、このスタッフも元『遠くへ行きたい』だから、あの本のことは本当に違いない。これからイタリアで、一週間撮影があるんだけど、どんなにだまされるか、私は楽しみな

テレビ『私の感情旅行』より

のです。女優って、だますのが仕事だ、なんてよくいう人がいるけど、女優ほどしょっちゅうだまされる人種はいないんじゃないかな。ローマ市内に入り、生ハムにメロン、あさり入りスパゲッティー、エビの鬼がら焼きに、三色アイスクリーム、それとコーヒーというイタリア人並みの晩ご飯をたべて、ローマのベッドで寝ました。

×月×日　オー・ソレ・ミオの天気

私はこれからナポリに出かけます。モンゴメリー・クリフトとジェニファー・ジョンズという有名なお兄さんとお姉さんが、別れたくないのに別れなくちゃならない、なんていう悲しい映画の舞台になった『終着駅』、ここでは「テルミニ」というんだけど、そこからナポリ行きの汽車は出るのです。

別れたいも別れたくないも、私にはそんな人がローマにいないから、うれしいというかつまらないというか。それでも、荷物を運んでくれた血色のいい肥ったポーターのお爺さんが、汽車が出るときまでプラットフォームにいてくれて「楽しんでらっしゃーい!」と叫んだから、「じゃね、さよなら」と私もせめて情熱的に手を振ってみたけど、「終着駅」という感じではなく、「終点・折り返し運転」なんていうふうで、私はがっかりしたのです。

ところが、がっかりしたのはほんの数秒で次にとてもうれしいことが起こりました。このローマとナポリの間を走る特急の座席にすわって、「お食事がしたいんだけど」っていうと、ボーイさんがテーブルクロスを持ってきて、座席そなえつけの折りたたみ式テーブルをひろげ、私の座席がそのまま食堂になるのです。食堂車というのは特別になく、たべたい人の席が食堂になるから、たべたくない人は座席にすわってると、隣りは飲めや歌えの大騒ぎ(ほどじゃないけど)になるって具合。

そいで、新幹線でライスカレーとコーヒーなんていうイメージだと、それは全然違うのです。上等のレストランのボーイ風が数人、銀のフォークやナイフを全部で一人につき十個ほど並べ、「ワインは如何(いかが)?」なんてことから始まって、すべて銀の大きいお盆

テレビ『私の感情旅行』より

だのなんだので大サービス。

で、私がたべたのはなにか、というと、オードブル、マカロニ、お肉、サラダ、チーズ、果物（オレンジ）、コーヒー。とてもとてもおいしかったです。そいで値段は千五百円。

ただし、これがイタリアのふつうの食事のコースなんだけど、たっぷり一時間四十五分もかかったから、ローマからナポリまでの二時間があっという間で、コーヒーのおかわりを半分して、外を見たら、もう駅だから、私はテーブルの下から荷物をひっぱり出し、そそくさとナポリの駅に降りたのです。

×月×日　風少し強し

「ナポリを見てから死ね」っていった人はよほど宣伝のうまい人だ。もちろん、ナポリは悪くない。丘の上から眺むれば、青いナポリ湾とそのむこうに並んだベスビアス、ポンペイ、ソレント、カプリなどが晴ばれと見え、サンタ・ルチア海岸から山まで続くなだらかな丘には、白とオレンジ色の家が形よく並び、空は青く、確かに、ナポリってよその国と違う美しさがあるってわかるけど、私にいわせてもらえば、「京都を見てから死ね」っていうのと、かわんないと思うんだ。こういう宣伝文句は、人よりも早くいうに限る。

それにしても、日本ではどこにでもあるスパゲッティー・ナポリタンというのが、ナポリには全然ないのは、どういうわけかな。

×月×日　雨シトシトと降る天気

今日は、ポンペイの遺跡とソレントに行きました。ポンペイで、二千年前の人が歩いた石だたみを歩くと、足の裏が暖かくふくらんでくる。幸福で飛びはねて歩いた人も、泣きながら走った人も、威張(いば)ってドシドシ歩いた人も、みんなこの石だたみをふんだのだな。馬車のわだちの跡も残っている。

掘り出すまで、ベスビアスの噴火でうずまってたこと二千年。いまから二十八年前にも大噴火があったそうなので、「そのとき、どうした？」と自動車の運転手に聞いたら、「寝てたね」といったから、この人は面白い人だ。この面白い人が歌うと『オー・ソレ・ミオ』も『帰れソレントへ』も『サンタ・ルチア』も全部、森繁久彌さんの「俺は河原の枯れすすき」の歌いかたと同じになって、どれを歌っても同じに聞える。でも、気の

テレビ『私の感情旅行』より

いい人で、職業に徹していて、私は感心した。

お昼に、あさり入りスパゲッティーと海産物サラダ（イカ、エビ、アワビ、マッシュルーム、たまねぎ、トマトなどの）と、チョコレートケーキとコーヒーを飲みました。イタリア人はよほどいい舌をもっていて、どんな小さいレストランでも「ああ、おいしい」というほどで、特にスパゲッティーのゆでかたといったら感激しちゃう。

ソレントの海岸についたら、やっと雨が止みました。この海岸は小さい漁村といったふうで、道に貝を並べて売ってる店がたったの二軒という、およそ観光地ソレントという考えとは、ほど遠くて、びっくりしました。

ここで十五人くらいの小さな子供と知り合いになりました。みんな貧しい格好してるけど、顔は美しく、イタリアの昔の絵にいる天使のように見えました。初めは、私の日本の着物が珍しいから寄ってきたんだけど、そのうちすっかり仲良くなって、どの子も私と手をつなぎたがって、もめたくらいです。私たちは、輪になってイタリア式「かごめ、かごめ」や、いろんなことをしました。そのうち暗くなってきたから、「私、もう帰らなきゃ」といったら、中でも一番いつも私のそばにいた七歳くらいの女の子が、「明日また来る？」といったから、私は「ううん」といった。明日はカプリで、もうソレントに来ないことを知っているから。そしたらその子は、「じゃ、あさっては？」って、私の目の中をのぞくように見ていったの。そのとき、私は涙があふれて泣かないわけにはいかなかったのです。こんな優しい、そして哀しい言葉があることを私は忘れていた。

でも、嘘をいってはいけないのだから、「あさっても、こないの」といったら、今度はその子の鼻の頭と目のまわりが赤くなってきて、もうちょっとで涙が出るところだったから、私は嘘じゃないことをいいました。

「貴女が大きくなった頃、また来るわ」。そしたら、その子はいつも自分のそばから手をつないではなさない三歳くらいの妹に「私たちが大きくなったら、また来るって……」と、うれしそうにいって聞かせました。そしてその子は初めて握っていた妹の手から自分の手を離し、やせて小さい両手で私の顔をはさみ、自分の頬を私にくっつけて、小さい声で「チャオ」といいました。私の乗った車がどんどん波打ちぎわから離れ、「チャオ、チャオ」と手を振ってる子供たちの姿は逆光で黒く見え、どんどん小さくなっていき、私は少し泣いたのです。

ホテルの窓を開けると、ちょうど正面にソレントが見えるんだけど、もう今日からソレントは赤の他人じゃないんだナと思うとうれしくて、夜おそくいつまでも窓から暗くなったソレントを見て、「あの子も寝たかな」と考えて、私も寝ることにしました。今日はよい日でした。

×月×日　晴天　ただし予定より寒い日

カプリは、ナポリから船で二十分で行けます。ここは避暑地として有名だから、たくさん裸のお兄さんがいて、私を見て「ハロー」とか、「チャオ」とかっていいました。でも、今年は例年になく寒いそうで、私はあまり寒くて太い毛糸で編んだポンチョをおみやげもの屋で買って着たとこだっていうのに裸でいるっていうのは、むこうがおかしいのか、私がおかしいのかどっちかだ。ただ、どのお兄さんも、たいがい黒とか茶色とかいった毛を胸やお腹に生やしているから、あれで暖かいのかな、きっと。知らない裸のお兄さんと話をするのはよくないことだから、私はちょっと笑っただけにしました。

カプリは花がたくさん。家は立派で白く、空は青く、空気も海も透き通っている。「透きトオってるって、ホントかな?」ってコマーシャルは、ここのことを歌ったに違いない。ここに住んでいたら、肺も胃も透き通ってくるって感じがして、私はカプリがとても気に入りました。だからオナシスってお金持ちの人も気に入って、別荘があるって、ガイドがいいました。

夜はナポリのレストランで、たくさんたべて、知らないイタリアの小父さんたちに申しこまれたので、ダンスなんかしちゃって、ホテルに帰って、歯をみがいて寝ました。

×月×日　世にもいい天気

いま私はロンドンです。ロンドンの公園の景色のいいことといったら。ただ、私はいま悲しい気持でホテルのベッドの上にすわっているのです。パンダの「チチ」が余命イクバクもなく、あと数日もてばいい、というニュースを新聞で見てしまったから。「動物園におけるパンダの寿命」というデーターで見れば、十三歳というのがいままでは一番長く、チチはそれよりもっと長く十五歳なのだから長生きで、本当をいえばもうお婆さんなんだけど、見たとこは可愛くて、小さい子供みたいに思えるから、老衰なんていう病名が可哀そうで、とにかく私はがっかりしているのです。

もちろん、もう彼女のいつもの住家にはいないから、動物園に行っても逢えない。私の知り合いのロンドンの写真家が、スノードン卿とジッコンだから、話してチチに逢うようにしてあげようかといってくれたけど——スノードン卿は、動物園のいろいろのデザインをしたり、動物園のなにかの係……といってもカバとか、象の係ではなくて、コ

EVENING NEWS, Saturday, April 22, 1972　G 3

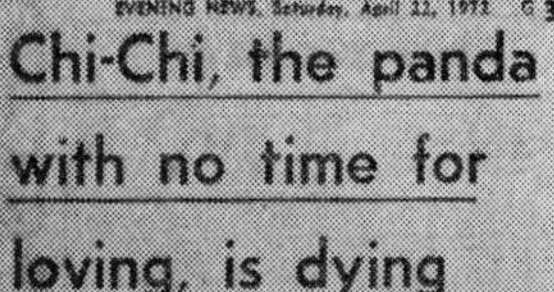

Chi-Chi, the panda with no time for loving, is dying

Chi-Chi—one of the big attractions of all time at London Zoo.

FORCED

モンとかなんか……をしているそうなので——でもどうしようかな、と私は考えています。あんなに、動くと笑っちゃうくらい可愛いパンダの死にかけて寝ているとこなんか見たくない。人間にしても動物にしてもやっぱり死ぬってことは哀しいことだと、私はチチの元気な頃の写真の出てる新聞を見ながら思いました。そしてプラトニックだったとしても、前に恋人だったこともあるモスクワのアンアンが、このことを聞いたら、やっぱり寂しくて、悲しがるに違いないなんて考えたら、なかなか寝られなくなって、仕方がないから、寝るのはよして、エリザベス女王の絵葉書を、日本やニューヨークにたくさん出しました。

後記・このとき、「チチ危篤（きとく）」と書いたので、いろんな人は、私の「父」が危篤かとびっくりしたって後でわかりました。

×月×日　世にもいい天気の続き

昨日は、日本では『スカーレット』という題名でやったミュージカル『風と共に去りぬ』のロンドン・プロダクションの初日でした。初日のせいか、興奮した馬が一番いいシーンでマンジュウ大のホカホカを十三個ほど舞台の真ん中に山盛りにした以外はうま

くいき、演出、作曲、装置、衣装など全部日本版と同じですが、日本のよりだいぶ短く、スペクタクルになっていて、とても評判がよく、むこう五年は続くだろうなんて噂もあるくらいです。切符はもう相当さきまで売り切れたそうだけど、それにしても、ミュージカルというものは、むずかしいものですこと。

夜は、中国料理をたべました。

ロンドンのあとパリに行こうかと考えたけど、ニューヨークの演技のクラスが七月には終っちゃうからニューヨークに帰ろうと考えて、ついでにアパートに留守の間に泥棒なんか入ってないといいなって考えて寝ました。

後記・泥棒は入っていませんでした。

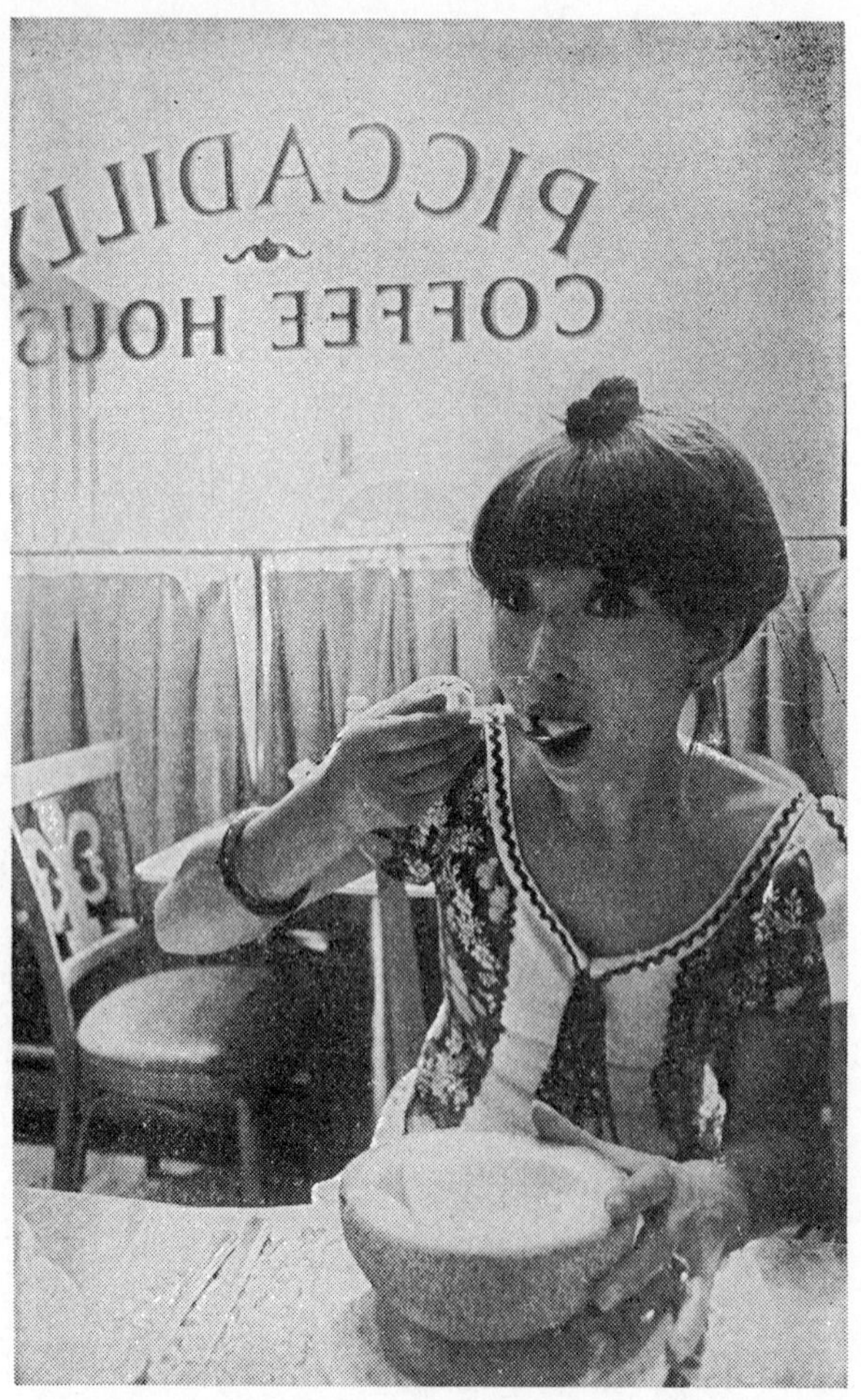
PICCADILL
COFFEE HOUS

×月×日　稲光り十回のニューヨーク

イタリア旅行の私の綴方を読んで「たべることばかり書いてある！」っていった人がいるから読み返してみたら、さすが私は「喰い喰い教の教祖」と呼ばれているだけあって、自分でも気がつかないうちにたべること書いちゃって、たいしたもんだ、と自分ながら感心したけど、ふつうの人が読んで、『話の特集』ってお料理の本か、なんて間違えるといけないから、今日はたべることを書かないと決めました。

ただ、いま私が何をたべながらこれを書いてるか、ってことだけをいうと、真赤でおいしい桜ん坊です。日本にはない種類だと思うけど、色はエンジ、直径が一センチ五ミリ以上もあって、うんと甘く、少し酸っぱくて、噛むとプルンとはずんで、口の中に入ってくる。おまけに安くて二百五十円くらい買うと、ザルいっぱいあるんだから。ザルったって、直径一メートルもあるザルに、いっぱいはない。ふつう、ザルっていって、人がふつうのザルだナと思うザルにいっぱいくらい。

そいで私は、もちろん、ザル全部たべる。ザルをたべるんじゃなくて、ザルに入ってる桜ん坊を全部たべるんです。種とクキがお皿に山盛りになっていくのを見ると、ちょっとたべすぎかな、とも思うけど、それよりたべたほうがおいしいから、どんどんたべちゃって、最後の一粒なんか、特にお名残り惜しく、おいしくいただいちゃう。

私は桜ん坊が大好きです。日本は桜の花はたくさんあるのに、桜ん坊は少ししかなく、値段も高いのは、どういうわけかな。だから、桜ん坊についていえば、「花よりだんご」じゃなくて「だんごより花」だ。まだ夜じゃないけど、今日はお天気が悪く、私は世の中で稲光りと雷が一番きらいだからもう寝ることにします。今日は短い一日でした。

㊟なぜ、桜ん坊の話なのに、私がメロンたべてる写真になったのかは不明。おわびします。

×月×日　爽やかな青空

私は自分でも驚くほどの車音痴です。なにしろ、自分の運転してる車の見極めがつかないくらいだから。

こっちに来るまで、ブルーバードというのに乗ってたんだけど、一度降りちゃうと、もうどれか型がわかんなくなるのです。色で憶えればいい、と思うだろうけど、私と同じ白っぽい車は、山ほどある。中を見て、たいがい見当をつけるんだけど、何度、人の

車の鍵穴に鍵をつっこんだかわからない。一度なんかあまり鍵が開かないから、かんしゃくをおこして、よく見たら、私の車の倍もあるアメリカの外車だったりしたくらい、ひどいもんです（だからといってブルーバードが特徴がない、なんていってはいません。私はブルーバードが大好きです。機械が私のいうこと、とてもよくきくから）。

それで、色はうまくいかないから、ナンバーがいい、という人がいて、その通りにしたら、今度はナンバーばっかり見て探すから、いつかなんか、開けようとしても例によって開かないから、「違うな」と思ってよく見たら、一番違いで、しかも色が黒い車だったのでさすがに自分でも、ちょっと変ってる、と思ったくらいだから、人はヘンな人と思うらしいのです。でも、ヘンな人と思われても、車が見つからないのよりはいいから、いろいろ鍵を入れちゃうんだけど、よく泥棒にそういう人がいるんですってね。

そいで、何の話をしようとしてるのかというと、ここでよく乗るアメリカの友だちの車のことなんだけど、その車は、大きくて、ちょっといいから、「何んて車?」って聞いたら、「リンカーン・コンチネンタル」って答えたから、「ああ、トヨペットね」って私がいうと「いや、リンカーンは日本の車じゃないと思います」っていやに頑張るから、「いいえ、トヨペットのリンカーン・コンチネンタルでしょう?」といったんだけど、「リンカーンはアメリカの車です」ってその人は決めてるふうだったから、「じゃ、いいです」って私がいって、その話は終ったんだけど、トヨペット・コンチネンタルって車なかったかな? あったと思うんだ。

それはいいとして、その車にはナンバーがなくて、DEMとだけ書いてあるから、まあアメリカはデモクラシーがいきとどいていて車にまで書いてあるのかと感心したら、そうじゃなくて、これはその友だちの名前の頭文字で、うんとお金持ちとか、特別の人にだけ許されたやりかたなんですって。だから考えたんだけど、アメリカはとても階級的だと思います。高い車に乗って、さらに頭文字をつけて走るんだから。

話は違うけど、私の友だちの俳優に、ジェイスン・A・ローレンスっていうのがいるんだけど、もし彼が頭文字で走ると「ＪＡＬ」になるから、乗ってセイフティー・ベルトなんかきちんとしめると、飲みものは出ないかしら、なんて飛行機かと間違っちゃうじゃないの。

それにしても、ニューヨークのど真中のラッシュでも東京ほどはひどくない。東京で運転できる技術と忍耐力があったら、世界中どこでも大丈夫と思います。ただローマなんか、ちょっとむずかしいかな。信号が少ないから、どの四つ角でも、車と人がお互いの呼吸をはかって、互いに見かわす顔と顔。ちょうど、宮本武蔵と佐々木小次郎って具合です。そして、図々しいほうというか、気の強い迫力のあるほうが、一足先に出て、出たら、そのほうの勝ち。日本人は気が優しいから、いつまでも目的地につかない、ってなことになると思うから、イタリアで運転なさるかたは、気を確かにして、まばたきは止めて、前方注意、眼光するどく相手を圧して、素早く発進！　そうすれば、うまくいく。ご成功を祈ります。

×月×日　よその家のレコードのよく聞える天気

今朝、八時半に、日本から電話で、相手は誰かというと、女性週刊誌の男の記者でし

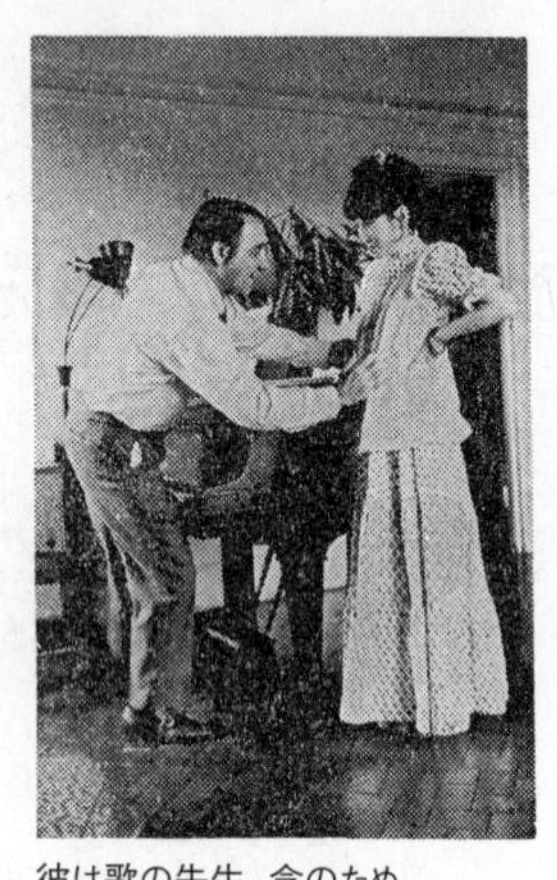

彼は歌の先生、念のため

た。そいで「御用は？」というと、「笑わないで下さいよ、変な質問ですから」というじゃないの。そいで、なにかと思って聞いたら、次のような質問で、私はご注文通り、笑わなかったけど、あなたは笑いますか？

「黒柳さんが、ニューヨークで妊娠七カ月の大きいお腹をしているのを見た人がいるんですけど、本当ですか？」

「見た人がいる」っていっておいて、本当ですか？　って聞くというのも、おかしな話だけど、もっとおかしいのは、七カ月ってどうやって計ったのかな？

想像妊娠というのは、ふつう本人が想像するもんだけど、こういう他人が想像するのも、やっぱり想像妊娠というの？

須賀勇介ちゃんと。私のアパートの「松の間」で

×月×日　ぼんやりした日

お友だちの須賀勇介ちゃん（私がご飯を炊いたという「晴　上天気」にくわしく出ています）は、絵がとても上手です。そいで、私のことを描いて下さる、っていうから、この間、モデルになって、（といっても、洋服を着たまま）長椅子に横たわっている、って風情なんだけど、とにかくこの前はデッサンだけしたんです。そいで、今日は、もうカンバスに油絵で描いてるっていうからバスに乗って、彼の家に楽しみに見に行ったの。

本当に顔とか体つきとかなんか、本当の私よりいいみたいで、とても純真な絵で気に入ったけど、顔とか手なんかが、どういうわけか真っ黄色のキイロキイロで、黄色人種にしても、少し黄色すぎないかな？　と思って、そういったら、勇介ちゃんは特徴のある黒目がちのキレイな目で、じーっと絵を見て「そうかな？」ってあまりそう思ってないみたいだから、まあ芸術家の目を信じましょう、と思って、ご飯なんかをいただいて（何をたべたか、今日は書かない）家に帰りました。

そしたら夜、勇介ちゃんから電話で、病気だっていうから、とてもびっくりしたら、黄疸（おうだん）のひどいのだって。だから、なんでも黄色になってしまったんだって。病気がなおったら、私の顔もきっとなおるに違いないと安心して、勇介ちゃんが早くなおることをお祈りして、歯をみがいて寝ました。

×月×日　ワシントンは晴天

今日は、本当にうれしい日でした。というのは、ワシントンで、待望の二匹のパンダを見たのです。

パンダの小さい子供を見ることは、長い間の私の夢だっただけに、本当にうれしかった。ガラス越しだったけど、女の子のほうの、リンリンが私に近よって来て、私の唇にキスしたなんて、信じられる？　きっと私が、本当にパンダを愛してる、ってわかったからに違いない。

フラッシュがたけないから、少し暗いけど、私の撮ったシンシン君とリンリンちゃんを見てやって下さい。

本当に今日は素晴らしい日でした。

ついでといっては悪いみたいだけど、くわしい『週刊朝日』（昭和四十七年八月二十五日号）の記事も読んでほしいと思ったので、ここにのせました。お読みくださるようにお願いします。

薄暗いところに立っている私の姿をみつけると、彼女は昼食の手を休め身動きもしないで私を見つめた。

そして、そのまま静かに立上がると、他人の目をまったく無視したように、まっすぐ私のほうに近づいてきた。そして、私と向い合うように立つと、顔を少しかしげ、あの、少し意地悪な、そして沈んだ目で私の目の中をのぞきこんだ。私と彼女の間は三十センチと離れていない。次の瞬間、彼女は両手を私のほうに精一杯のばした。それは私を抱きしめようとするようにも、また、私に抱いてもらいたがっているようにも見えた。私はコンクリートの床に膝をついた。そうしなかったら、小さい彼女を抱くことが出来ないから。彼女はだまったまま、唇を私のほうに近づけた。彼女の目の中は優しさであふれていた。私が彼女の唇に自分の唇を重ねようとしたとき……愚かにも、私たちの間に厚いガラスのあったことを、それまで私は忘れていたのだった。私たちはガラスに顔をつけたまま、じーっとしていた。

子供の声とセミの声が高くなった。

――私とパンダの次ページの写真のいきさつを、ちょっと気取って書くとこうなります。でも、実際もまったくこの通りなのでした。パンダの写真もいろいろあるが、これは大変に珍しいと、専門家のみなさんがおっしゃいます。

よく知られている通り、ニクソン大統領の中国訪問を記念して、二匹のパンダがワシントン国立動物園に贈られました。

中国語で「大熊猫」、ふつうは「ジャイアント・パンダ」と呼ばれるこの動物が、ワシントンに来ると決まるまで、アメリカ中の動物園は、まさに上を下への大騒ぎでした。どこの動物園でも、この珍しいパンダを欲しいからです。

とくに、戦争前にパンダを飼ったことのあるニューヨーク、シカゴ、セントルイスの動物園は、直接中国に電報を打って交渉したほどです。けれども結局、首都であること、国立動物園であること、また好物の笹があること、などからワシントンに落着いて、この四月からパンダ・ハウスという新しい建物の中で二匹は暮しているのです。この名前についてですが、一匹はオスでシンシン、もう一匹はメスでリンリンです。この名前についてですが、パンダより先に中国からアメリカに招かれ、すっかりおなじみになったピンポンチームを記念して、ピンピンにポンポンという名前がいい、という一般の申し出が、ずいぶんあったそうです。

それはともかく、シンシンは一歳。体重は三十四キロ。メスのリンリンのほうが少しお姉さんで一歳半。半歳お姉さんのわりには六十一キロと少し太り気味ですが、どっちも背の高さは小学校一年生くらい。将来、両方とも目方は百三十キロくらい、背の高さはシンシンが一メートル七十センチ、リンリンが一メートル五十センチくらいになるだろう、と動物園では予想しています。

さて、私が、このぬいぐるみのお人形のような二匹を長いこと見物していて発見したことは、二匹の性格がまるっきり違うということです。オスのシンシンは、とてもひかえ目というか、恥ずかしがり屋の性格で、静かに暮すのが好きなようですが、リンリンのほうはといえば、「道化師リンリンちゃん」と飼育係から呼ばれているくらい、おてんばで、おかしなことばかりやっているのです。

　それは、二匹の部屋の様子をチラリと見ただけでわかります。二匹はお互いに行き来ができないように厚い鉄の壁で完全に別々になっています（これは成長していく間に、少しずつお互いを意識させていくつもりらしいのですが、もし嫌い合ったりしたら大変なので、いまのところは朝、外で三十分だけ、金網をへだててお互いの存在を少し知る程度にとどめて、あとはまったく離ればなれなのです）。

　それぞれの部屋には太い丸太を積んで作ったベッドと、笹の鉢植えが五個ずつ装飾的に置いてあるのですが、シンシンのほうは、きれいでゴミひとつ落ちていません。それにくらべてリンリンは、鉢植えの笹の葉を全部かじって丸坊主にしてしまい、おまけに鉢がわりの樽を全部ひっくり返して、中の泥を部屋中にまきちらしてあるから、もう足の踏場もない有様。

　この日のお昼のメニューは、新しく切った笹と、ニンジンとリンゴとおいもが運ばれました。ついでにいえば、この日の朝のご飯のメニューは、お米、ビタミン、オートミール、カルシウム、砂糖、蜂蜜入りのおかゆだったそうで、これの大好きなリンリンは、一粒のこさずきれいにたべたあと、食器のボウルを舌でなめて、それからそのボウルを

以下四枚のパンダの写真は著者撮影

長いこと頭にかぶって歩いていたそうです。

シンシンは、小学生がお弁当のフタを立てて、中のおかずが見えないようにしてたべるのに似ています。見物人に背中をむけ、時どきチラリと後ろをふりむくけど、またすぐむこうをむいて、そーっとかくしてたべるのです。おそなえ餅みたいなまるい背中がとても愛らしい。

一方、リンリンは、見物人の正面に両足を投げ出してどっかと坐り、たべてる最中でも泥の中ででんぐり返しをやります。

こんなふうに泥の中をしょっちゅう転がるから、シンシンが真白と真黒という、一見してパンダというのにくらべ、リンリンはいつも泥だらけで、急いで見たら、ふつうの黒熊かと思うくらいです。

リンリン

　それでも、朝、外に出してもらったとき、芝生ででんぐり返しをやるので、芝生にたまった朝露がシャワーのように泥を落してくれて、リンリンも、朝はパンダに見えるのだそうです。このリンリンの発展ぶりを見て、見物人の中から「もう、早くもアメリカ風、カカア天下を習ったのか？」という冗談がとびましたが、これは、なんといっても子供ですから、寂しくて、こんなことをやって気をまぎらしているのに違いありません。

　リンリンが私に近よってきて、私にくっつこうとしたことも、愛情に飢えている表れだと、私は思いました。

　それにしても、この二匹の人気はたいしたもので、お昼ご飯をたべるところと、あとは、たいがい寝ているだけ（中国とアメリカの時

シンシン

差のためにねむいのだ、という人がいましたが、これは冗談で、パンダはよく寝る動物なのです）という、これだけを見るために、土曜、日曜は、それぞれ七万人、ふつうの日でも、三万五千人は、このパンダ・ハウスにつめかけるのです。念のために申しそえますと、いくら一日に七万人の人が集まっても、この動物園は国立で入場料がタダですから、もうけと関係がないのです。

アメリカ一の新聞『ニューヨーク・タイムス』は、一面にパンダの記事や写真をしばしば載せます。

あまり暗いニュース、気が重いニュースが多いので、せめて楽しいパンダの話で、読者をなぐさめようということなのでしょうか。

またニクソン大統領夫人もパンダと並んで

リンリン

写真を写すなど、中国に大サービスです。たしかにパンダは、大変な国際親善の役目を果しています。日本に中国からパンダが贈られるのは、いつのことでしょうか。

先ごろ、ロンドンのパンダ「チチ」がついに死んだと、テレビのアナウンサーが重厚な口調で放送しました。

私がこの四月にロンドンに行ったとき、すでに老衰による危篤状態で、「このウイークエンドが、彼女にとって最後のものになるだろう」と、大きく新聞に出ていましたが、それからずいぶん、よく頑張ったわけです。一歳の赤ん坊のとき、オーストリアの動物商の手によって中国から連れていかれ、年をとって、病気になって姿を見せなくなるまで、どれだけの人を楽しませたことでしょう。

昨年（一九七二年）、天皇、皇后両陛下がヨーロッパをご旅行になったとき、このチチをご覧になったので、覚えてらっしゃるかたもあると思います。

また、このチチが、モスクワのオス、アンアンと国際見合いをしたことを、ご存じのかたも多いと思いますが、これは大変に残念なことながら、チチは相当に乗り気のようでしたが、アンアンの「太り過ぎによる怠慢（たいまん）」という理由で、国際結婚まですすむこともなく、チチはこの十五年間、人々に「可愛い可愛い」といわれながら、結局、生涯一人ぼっちで寂しく死んでいったわけです。

これにくらべるとリンリンは、恥ずかしがり屋ではあっても、幼なじみのシンシンがいるのだから、きっと寂しがることもなく、二匹で幸福に暮すに違いありません。

私は、いつまでも私のそばから離れようとしないリンリンにさよならをいって、パンダ・ハウスを出ました。動物園の中のいたるところに、パンダ・ハウスの方角を示す矢印と、パンダの絵の立札が立っています。そして子供たちは、白人の子も、黒人の子も、みんな、その矢印の方角に向って興奮しながら走って行きます。

楽しい気分で、ニューヨークに帰る飛行機の中で雑誌をひろげた私は、そこに、体中にナパーム弾の火を浴びて、泣きながら歩いているベトナムの男の子と、女の子の写真を見ました。私はいままでこんな悲しそうな子供の写真を見たことがありませんでした。

そのとき、私の目の中に、パンダが中国から運ばれるときに入ってきた箱が、なぜか浮びました。記念のためか、パンダ・ハウスに置いてあったその木の箱には、墨で黒々と、こう書いてありました。

『大熊猫。中華人民共和国。北京革命委員会贈』

ベトナムの子供たちが、パンダを見て笑う日は、いつ訪れるでしょうか。

×月×日　おかしくなるほど暑い天気・38度

今日は、バスの中で、可哀そうな犬を見ました。

私はバスで友だちのとこに行こうと思ったから三十五セント払って、席に坐ったんだけど、隣りのおばさんの膝にのせてる、丸いボストンバッグの中から、首だけ出している小さい犬が可愛いから、ちょっと、見とれていたんです。

それは、ねずみ色のモシャモシャした犬で、頭のてっぺんにピンドメをとめて、おとなしくしていました。そしたら突然、そのおばさんが私に「お嬢さん、すいません、犬の頭おさえてくれません？」といったから、私はびっくりして「どうして？」と聞いたら、ボストンバッグのチャックがこわれちゃって、開かなくなっちゃったから、犬は首だけ出したまま、あとの体はバッグの中で、チャックが直らない限り、犬はバッグから出られないわけなので、これから、もう一度開けるようにやってみるから、犬の首の毛がチャックにはさまらないように、おさえていてほしい、っていうじゃないの。

そこで仕方なく犬の頭をそーっとおさえたら、チャックの話のわからない犬は、小さく唸って私を疑わしそうな目で見ました。おばさんは、ふんふん息をさせながらチャックを開けようとしたんだけど、それは、コンリンザイ動かないのです。

「まったくいやになる。私はこのカバン、嫌いだわよ」とかなんとかブツブツいって、ガチャガチャやっているうちにチャックが動いたと思ったら、それは閉まるほうに動いたので、犬の首は、前は少し隙間があったのに、もうギリギリになって、顔は私のほうをむいたまま動かせないくらいに閉まってしまいました。おばさんは、「あら大変!」とかいって努力したけれど、もうチャックは二度と動く気配はありませんでした。「いいわ、もう、それじゃ!!」といっておばさんは中止にしました。

私も犬から手を離したんだけど、どうするつもりかと思って聞いたら、「なんとかなるわよ」というから「家に帰ってカバンを破るの?」といったら「あら、そんな勿体ないこと! このカバンを前に買ったところで直してもらおうかしら。まあ、もう七時? お店は閉まってるわ。じゃ明日だわね」。そういうとおばさんは、とても優しい声で犬の頭をなでて「可哀そうな子！　運の悪い子！」といいました。なんにもわかんない犬は、満足そうになでられているから、私は気の毒に思いました。いくら犬だって、しゃがみっぱなしじゃ、足がしびれてくるに違いないんだから。私の降りるとこに来たので、バスのドアまで行って振り返ると、犬は首を一生懸命まげて、私のほうを見ようとしてるところでした。なんだか私は、あのピンドメした犬が、涙の出るくらい可哀そうに思いました。

×月×日　雷がちょっと鳴りひと雨の天気

今日はミュージカルを見ました。

これは昔やったもののリバイバルで、映画にもなって日本でやりました。たしか『ローマで起った奇妙な出来事』とかいうんで、バスター・キートンやゼロ・モステルなどが出てたと思います。英語の題は〝A Funny Thing Happened On The Way To The Forum〟という、長ったらしいのです。

それで私が何を書こうとしているか、というと、これは年を取ったお爺さんが何人も出て、若い裸のお姉さんなんかと、仲良くしたいと思って忙しくする話なんだけど、全

ニューヨークのど真ん中ブロードウェイ通り。私の見たところ、お爺さんは死にかけていた。おまわりさんはこんなところで寝ちゃ困るといい、お婆さんはさかんに弁解した

部芝居が終って、一列に並んでおじぎをして カーテンコールというのになったら、主役のおじさんが私たちにむかって、「みなさま、このブロードウェイでもっとも年を取っていて、もっとも元気。舞台生活まさに七十年、今日、八十五歳の誕生日をむかえた素晴らしい俳優をご紹介します」といって、映画でバスター・キートンのやった役をやったお爺さんの肩を抱きました。そこに裸のお姉さんが大きなバースディケーキを持って現われました。そしてそのお爺さんがケーキの真ん中に一本だけ立っているローソクを「ふっ！」と消すと、オーケストラが、『ハッピー・バースディ・ツウ・ユウ』を演奏したので、私も歌いました。

銀髪のきれいな、品のいい、このお爺さん

は、レジナルド・オーウェンという名前で、イギリスの出身、映画にもたくさん出ています。

この人は、一足前に出ると、ひどく元気のいい大きい声で「いままでの私の人生の中で、もっとも素晴らしい共演者のみなさん、有難う。あなたがたに、神様の祝福がありますように。そして今晩見て下さった観客のみなさまにも、祝福がありますように！」といって静かに頭を下げました。

お客さんは、なんだかとてもうれしくなって感動したから、いつまでも、拍手をしました。

私は、神様の祝福があるのだから、と思って、帰りにお友だちの連れてってくれたレストランで八月にたべてはいけない、っていう生牡蠣(なまがき)をたべました。どうして八月にたべてはいけないというか、というと、英語の八月という字の中に〝R〟がないからで、〝R〟のない月はいけない、と教えられていたからです。

でもアメリカ人のウェイターは、私の質問に対して「はい、たしかに八月、オーガストの中にはRがございません。でも、ないからたべないというのはまた、どういうわけで？」なんていって、生牡蠣とRとの関係は認めないふうだったので、きっとアメリカは違うんだと思ってたべたのです。

そしたら神様の祝福のせいか、Rがなくてもお腹をこわさず、八十五歳の素晴らしい俳優のこと、八十五歳になった私のことを考えながら寝て、次の日もずーっと元気でした。

×月×日　煮えくり返りそうな暑さ

テレビのプロ野球の中継を見ていて、ちょっと驚いたのは、選手の中に、ヒッピーみたいに毛を長くしてる人がいっぱいいることなんです。鉄かぶと、っていうのか、ヘルメット、っていうのか、バット振る人がかぶってるヤツ、あれの下から長い毛がモサモサ出ていて、男か女かわかんないみたい。それでも、女はプロ野球にいないそうだから、「じゃ、男だ!」ってわかるくらい。

考えてみると、日本の選手はみんな涼し気に短くしているのに。でも私がアメリカに一年いる間に、日本にもそういう長い毛の選手が現われたかな?

野球といえば、前に日本でジャイアンツの選手のかたと雑誌で座談会をしたとき、話が監督のサインについてになり、私が「ホームランを打て! というサインも出ます?」といったら、みんながとても笑って「それぱかりはいくら出されても出来ませんね」とおっしゃいました。私はまじめに伺ったつもりだけど、その雑誌を読んだ人の中にはふざけていると思った人もあるらしいんだ。

でも私のお友だちなんか、一回ホームランを打つといつも九点もらえると信じこんでいるし、守っている側からボールをくっつけられてアウトになった人は、もう次のゲームには出られなくて、だんだんへっていって最後に残ってる人の多いチームが勝ち！って思ってる人だっているんです。

それにくらべたら、私なんか、たいしたもんだ。ストライク！っていうのが三回出ると、バットもってる人は、全然振らなくても、アウトになって、それは三振ということになる、なんて知ってるんだから。「三振」って字を見ると三回カラブリしてアウトになるかと思うかもしれないけど、そうでもないんです。自分が悪くなくても、むこうが（ピッチャーというのかな）いいと、なにもしないうちにダメになるなんて運が悪いみたいだけど、そういうふうに決まってるんだってね。

どんな仕事も大変だけど、この暑いのに野球する人も（野球場で見てる人も）大変だナとテレビを見ながら思って、私は野苺入りのヨーグルトを冷蔵庫から出して一口たべたのでした。

×月×日　手を上げろ金を出せの日

もうひとつテレビの話をすると、私の大嫌いなコマーシャルがあるのでご紹介します。……夕暮れどき、中年の男が、車を駐車させ、車の中から出て来る。小肥りの人の良さそうな、おじさん。ドアを閉めると、車の後ろのトランクのほうに廻ってトランクを開けようとすると、画面の手前からピストルが出て、「手を上げろ」とすごみのある声がいう。おじさん、恐怖の表情。悪漢、姿は見せず、手だけのばして、おじさんの上着の内ポケットから財布をぬきとる。手を頭の上にあげたまま、悲しそうなおじさんのクローズアップ、突如ナレーションが出る、「ね！　こんなことにならないように、××××エキスプレスの小切手を使いましょう。現金を持って歩く必要はないのですよ！」……。

こういうことが実際に起こらない国なら、ギャグとして笑いもしましょうが、毎日そこらじゅうで、本当にこういうことの起こってる国のコマーシャルとしては、いきすぎではないか、と恐ろしい気分で、私は部屋のドアの鍵は、ちゃんと閉まってるかと確かめながら、このコマーシャルを見るのです。

×月×日　見せびらかすのは下品

もうひとつテレビの話をすると、こっちの夜の十一時半頃から始まる『ザ・トゥナイト・ショウ・スターリング・ジョニー・カーソン』というのが、各局でやってるナイトショウの中では一番人気があって、ちょっとミイハアだという人もいるけど、とにかく毎晩、三〇パーセント以上は視聴率が必ずあるんだから。

ジョニー・カーソンという人は、五十歳近くのちょっとハンサムで、相当のシタタカモノって感じ。昔、ラジオで司会などをしていた人だそうだけど、ゲストによって、自分の性格をいろいろと変えて相手に合わせて、面白い話を次々ひき出す天才です。そして冗談がとてもうまい。

これは公開で、たまに、といっても一時間のショウのうち一つくらい、歌が入るけど、主に対談というか、何人かのゲストがいて、一人がすむと、次の人が入って来て、また始めて、前の人も、少し話に加わる、といった、話が主の番組で、トークショウとも呼ばれているのです。

これを見ていると、時どき、日本にはいない種類の人が出る。例えば、馬鹿馬鹿しい成金趣味をひけらかす中年のピアニストが出たりする。この男の名前は、何度聞いても忘れてしまうんだけど（たしかリベラッチというんだった）、それはたいしたことないんです。この人はギンギラギンで売ってるのだから。この人をジョニー・カーソンが呼ぶのはいってみれば、悪趣味を面白がろう、というためで、お客さんのほうも、それを見たいのだから。

例えば、この前に出たときのことだけど、ジョニー・カーソンの横の椅子にこの男がすわると、もうすぐにカーソン氏が「そのダイヤモンドの指輪、新しいんじゃない？　また買ったの？」と聞くのね。するとその男はちょっと得意そうに、でもさり気なく「そう、この前のより五カラット、大きいのねえ」とかいって、客席のほうに指をひらひらさせて、ギラギラと見せるの、お客は感嘆して「オー」とかいうの。これひとつだけじゃなくて、ダイヤモンドの指輪、両方の手に全部で四つか五つしてるのです。そして「このブレスレットは見せたっけ？」とかいって、ダイヤとプラチナとかの凄いのをカーソン氏に見せるの。昔、小さい女の子がよく千代紙のコレクションを人に見せたがったけど、あれと同じね。すると、そこがカーソンのうまいところで、心の中でどう思ってるかはけっして見せないで（というとこを見せて）、「わあー、高いんだろうね、こんなの欲しいもんだ！」とかいって、うらやましがってみせて、次に「なんだか大きいアパートを建てたっていうじゃない？」なんて質問するのね。そうするとそのピアニストは、気兼ねとか、そんなこと一切なく、だからこそ、トークショウに出る値打ちがあるんだけど、「そう、玉つき場と屋内プールと映画写す部屋もあって、僕も住んでるんだけど、全部で部屋は百二十あるの。ちょっと大きすぎるけど、人に貸す気はないのよ」。カーソン氏、すかさず「百二十もベッドルームがあるんじゃ、お忙しいことで……」なんて。その他、話といったら、豪華なことばかり。

これはナマのように見せてるから、もしかしたらテレビを見たギャングが帰りを襲うかもわかんない、と思ったら、実は毎晩、本番の一時間前に、全部ヴィデオテープに撮ってしまうんですって。だからその日の事件とか天気のことなんか話したりしてるけど、それは嘘じゃないのよ。でもギャングがそれを見て行っても、もういないわけ。

昔、ハリウッドのスターで、お金が歩いてるような毛皮とか、宝石とか身につけている人がいたけど、それだけのお金をとってるから、せめて持ってない人に見せてあげて、喜んでもらおう、という神経らしいのね。そして一般の人も、自分とは違う世界の人と思ってるから、見るのうれしいのよね。

日本は「ゼイタクは敵」とか「見せびらかすのは下品」（たしかにそうだと思います）という考えがあるから、こんなことはしないけど。だけどアメリカでもだんだん変って来て、『あいつばかりが何故もてる』って歌じゃないけど、これはよくない、と思うから金持ちを殺すヒッピーの犯罪とか、反対にフラストレーションから麻薬やったりする人が多くなったんじゃないの？　私なんかは人ごとだから、テレビで見てるぶんには馬鹿馬鹿しくて面白いけど。

でも見終ってから、自分の小さいアパートを見廻すと「ふーむ！　玉つき場に屋内プールに部屋が百二十か……」なんて、ふと思ったりするものね。

でも私なんかは、エネルギーがないから、その後で「長生きすると、いろんな人を見るもんだ。お茶でも飲んで寝ますかね」なんてお婆さんみたいに、ぶつぶついって寝てしまうんです。

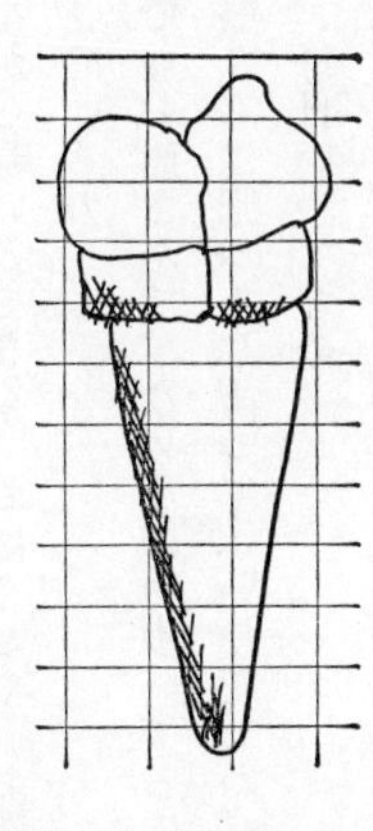

×月×日　暑からず寒からずのいい天気

上の絵みたいなもの見たことありますか？　これは、アイスクリーム・コーンなんだけど、アイスクリームが、二個、別々に入るようになっているの。日本にもあるかしら？

だから例えば、一つのほうにマシマロ入りチョコレートアイスクリームを入れて、もう一つにブランディ入りのなんか入れてもらって、かわりばんこになめたらおいしいの。そいで、両方が溶けて下のほうで一緒になるから、ブランディとチョコレートでいいじゃない？　とにかく、このコーンは新しいアイディアだと思うし、第一、儲けも倍になるわけだから、日本でもまだだったら、始めたらいいと思います。

ただし、アイスクリームの種類が、こっちのアイスクリーム屋は、たいがい五十種類はあるし、ひどいとこだと、五百種類あるんです。そいでついでにいうと、コーンの皮が日本のモナカの皮でできたようなのでなく、もっと乾いてパリパリしてる。ちょうど、京都の八ツ橋を四分の一くらいに薄くしたような歯ざわり。これがまたおいしいのです。だから若い人でなく、おばさんや、お婆さんも平気でコーンを握ってなめながら道を歩いているの。

でもお爺さんで、なめながら歩いてるの見たことないのはどういうわけかな。そいで、お婆さんは肥ってしまって「いやだわね。明日からアイスクリームはやめるからね」って、毎日いってるの。

私は、そういうお婆さんたちの体格になるまで、もう少しかかりそうなので平気で食べちゃうんです。これから私は、いつもいくハンサムのお兄さんのいるお店に行って、片っぽに西瓜アイスクリーム、片っぽには、風船ガム入りのヤツを入れてもらおうと思います。そして、きっと、アイスクリーム屋の道路のむかい側の大きな木の下のベンチにお爺さんや、お婆さんと並んですわって、鳩や自動車の通るのを見ながらたべることになると思います。私はこの場所が大好きだから。では行ってまいります。

付記・もし、この綴方を読んで、双子のアイスクリーム・コーンを作って売ろうと考えたかたは、できあがったら、私にたべさせて下さい。忘れずに、おねがいします。

×月×日　上天気！　しかも涼しくて

今日は私のお誕生日です。朝のラジオのニュースを聞いていたら、「昨日、ベトナム戦争は即刻中止すべきだと、マクガバンがテレビで演説しました」また、「今日は長崎に原爆が落ちてから（本当は落してから、なんだけど）二十七年たちました」といいました。

世界中、戦争は終っていない。

×月×日　ものを忘れるいい陽気

アメリカって変ってる。どしてかっていえば、ニューヨークの街は人がものすごくたくさんいて、その中には人殺しもいるし、泥棒もいるし、嘘をつく人や、だます人もいるんだから、（林家）三平さんじゃないけど、「もう、タイヘンなんスから」っていう点

アメリカ一美しい別荘地・メイン州にある友人の別荘

もあるのに、ほんのちょっとでも、ニューヨークから外に出ると、日本だって考えられないような、正直な人がいるってこと発見したからです。

昨日、私は、ニューヨークから車で七時間くらい離れてるメイン州から帰って来たんです。行くときは、ニューヨークからボストンまでジェット機で、ボストンからは十人乗りくらいのプロペラの飛行機、そしてそれからはフェリーで、って具合で、小さい島のアメリカ一美しい、なんていわれるあたりの友だちの別荘まで、三時間で行ったんだけど、帰るときは、メイン名物、大人のにぎりこぶしくらいの大きいハサミをもってるエビとか、ハマグリとか、野苺とか、コスモスといった、おみやげが増えたんで、みんなが、かわりばんこに運転すりゃいい、って、大きいレンタ・カーで、帰ってきたんだけど、そいで楽しく冗談なんかいいながら「まあ、あと一時間でニューヨークじゃない？」なんてところまで来たとき、突然、私は、お昼ご飯をたべたレストランに、ハンドバッグを忘れたこと思い出したの。

それは二時間くらい前のことだったんだけど、道ばたにあったレストランで、名前もわかんないから、みんなは仕方なく、戻ろう、ということになりました。

ところが、うれしいじゃないの、突然、「レストランの名前、思い出した！」って、新聞記者の友だちがいいました。ニューヨーク・タイムスの事件記者だけのことはあります。「レストランの名前は、〝緑の牧場〟です」どうして思い出したのかというと……これで私の責任も少し軽くなるんだけど……そのお昼ご飯をたべに入るとき、私が大きな声で、レストランの看板見ながら、デタラメ歌を、歌ったんですって。「テッコが、♪グリーン、メェードーオーオー（緑の牧場）って、歌わなきゃ、忘れるとこだった」私は、それを歌ったとき、すでに心は、店の中でみんなが、どんなものたべてるか見ながらだったんで、すっかり歌のこと忘れちゃっていたんです。それで、すぐさま、公衆電話で、「緑の牧場」に連絡したら、「おとりしてございます。椅子の背に、ひっかけてございました」（私の悪いクセで、ショルダー・バッグをいつもひっかけて、忘れそう

になる）という、うれしい返事じゃないの。

それで、これから二時間戻って、ニューヨークに帰ったら、四時間もムダが出るので、郵便で送ってくれるように、そして、とどいたら、お礼に五ドルさしあげます。宛先はわかりやすく、ニューヨーク・タイムスの記者のデスク、ということに、みんなが親切にやってくれて、やれやれニューヨークについて、それぞれの家に帰り、今日になったってわけなんです。

さて、今日のお昼頃「貴女さまのバッグがとどいております」って、例の記者から電話があったんで、「もう?!!」とびっくりしたけど、同じくらいのはやさで「わあ!!」とよろこんで、急いでタクシーで行ったら、私の、黒いビロードの、蛙のお腹みたいにふくらんだ、なつかしのバッグが、机の上におごそかに置いてありました。とここまでは、ハンドバッグをなくして、みつかった、といういきさつ。

話がちょっとかわって恐縮でございますが、ふつう新聞社の事件記者の部屋、なんていうのを日本のテレビで見ると、机の上には、いろんなものが山のように積んであって、壁にはロッカーが並び、煙草のけむりがモウモウで、そして記者は、みんな大声でどなりあってる、というのが、よく見るすがたなんだけど、このニューヨーク・タイムスの事件記者の部屋は、まあ天井が高くて、ひどく広いんですけど、驚いたことに、机の上には、電話以外のものは、なにも出ていないの。そして、ロッカーも洋服かけもなくて、まるで、大学の講義を聞く部屋みたい。

おまけに、まあ、ちょうど、事件もなかったせいかもしれないけど、人は大勢いるのに静かで、清潔。世界一、大きい新聞社なのに、これで大丈夫なのかな、と私が心配になっちゃうくらい。これを正直にテレビに出して、事件記者のセットに使ったら、みんなは「嘘でしょう、ちっとも本当らしくない」というと思います。

で、話をもどして、このバッグが、ここまでとどいたいきさつが、私はすごく感心したんで、これから書こうとしてるんですけど、嘘じゃなく、本当の話ですから、そういう気持で、読んでほしいんです。

バッグをあずかった食堂のウェイトレスは、とても親切な人だったので、「女の人がバッグをなくしたからには、すぐほしいでしょう、それには郵便では数日かかるから……」と考えて、私のバッグをもって、ニューヨーク行きのバスの停留所まで行きました。そしてバスが来ると、中に乗ってる人に「ニューヨークまで行く人、います？」と聞きました。そしたら、「はい」という人がいたんで、「このバッグ、ニューヨーク・タイムスの○×△□さんのデスクまで、とどけて下さいません？　五ドルのお礼が待ってますよ」といいました。

その「はい」といった男の人は、バッグを受けとると「とどけましょう」といって、バスは出ました。名刺の交換も、受けとりも、証人も、なにもなく。

「もし、とどかなかったら、どうしよう」とウェイトレスは思わなかったのかな、と思った私の質問に、友だちが答えました。「ウェイトレスにしてみると、そういうことはあり得ないことで、いつも、みんな、ああいうふうにして、とどけたり、とどけられたりして、何も間違いが起こらないから、それと同じように、やっただけなんだろうね」って。バッグのふたをあけたら、お礼の五ドルどころじゃなく百ドルも入ってたのに。

そんなわけで、親切と信頼に守られて、私のバッグは、無事、私のところに帰って来た、というのが、私の書きたかったこと。

これはたった、ニューヨークから車で三時間くらいしか離れていないところの話なんです。こんなステキなところが、まだいっぱいあるアメリカなのに、なぜニューヨークは世界で一番、恐ろしい街になったのかな。私にはわからない。私は黒いビロードのバッグを枕もとに置いて、ニューヨーク市長のリンゼーさんにこの話をしたら、なんていうかな？　きっと喜ぶだろうな、と思いながら、歯をみがいて寝ました。

×月×日　ごくふつうの天気

この前、いつも行くアイスクリーム屋のお兄さんが、ハンサムだって書いたんだけど、今日、また行って、びっくりしたことを発見しました。

私がアイスクリームのカウンターをのぞいて「白鳥の湖」っていう、ヴァニラの中に黒いポチポチのものが入っているのにしようか、それとも「チョコレート入りペパーミント」にしようか、いっそのこと簡単に「野苺」、なんていうのにしようかと考えていて、ふと頭を上げたら、このハンサムのお兄さんが、お客のお爺さんと、声を出さずに、指を使って、なんかやってるんです。

よく見ていると、これは、お爺さんが聾唖(ろうあ)なんだとすぐわかりました。お兄さんは話すのが、とても早く、おまけにお爺さんの話す（つまり指で全部、話すことなんだけど）のが、わかるのの早いといったらなく、また、たまには、大きな口をあけて、声を出さずに、ゆっくり喋ったりしてるんです。

それで、もしかしたら、このハンサムなお兄さんも聾唖だったかな、と考えたら、そういえば、あまり私も喋ったこともなく、ただ顔だけ見て、ハンサムと思ったんだったかしら、とわからなくなり、とにかく私は、二人のやりとりをじーっと見ていたんです。そのうちお兄さんが、なにか冗談をいったらしく、二人ともドッと笑って、お爺さんは、アイスクリーム・コーンを持って、お店から出て行きました。

私は、ちょっと困ったな、どうしてかというと、私は指で話せないから、と思って、お兄さんの顔を見たら、いきなり低音のいい声で「今日は、なにを差し上げましょう」といったので、私はまたびっくりしたのです。それで、「どして貴方は、あんなに聾唖の会話が上手なの?」と聞いたら、またびっくりしたじゃないの。

このお兄さんがいうには、この人は聾唖の方たちのための劇団の俳優で、アイスクリーム屋は、アルバイトなんだって。そいで、いつもは、劇団の人たちと、アメリカ中を巡業して歩いているんだけど、このところは夏で休みなんだって。そういうわけで、いつもセリフは指でやるから、ふだんの会話だってできるんだってわかりました。

私は、こういう劇団が、アメリカには、いくつもある、って知ってたけど、いまさらながらに、うらやましい、と思いました。だって、誰かが援助するから、こういうことができるんで、日本だって、やりたいと思ってる人も、現にやってる人がいても、なかなか、金銭的に、続けていけないんだから。

そいで、私は、ハンサムのお兄さんがますます素敵に見えたから、少し気取ったほうがいいように思って、「モカアイスクリーム、小さいコーンに一つでいいのよ」なんていって、お兄さんがしゃくって、コーンに入れてくれる手つきをじーっと見て、少しおまけしてくれるかしら、なんて思ったのです。そしたら案の定、お兄さんは、大盛りにしてくれたので、ますます、いい人だと思ったのです。そいで「今度、公演のあるとき教えてね？」といって外に出て、モカをなめなめ帰りました。

そしたら、偶然ってことが世の中にはあるもんで、その晩テレビを見てたら、聾唖の方たちのためのドラマ番組があって、いろんな俳優の人が、全部お互いにセリフを声と指で喋って、時には読唇術でわかるような演技をしているのです。いくら、偶然、といっても、あのお兄さんは、これに出ていなかったので、残念でしたけど、私は、こういう番組がテレビにあることも、なにか、いいな、と思ったのです。そして、指のセリフのわからない私たちのためには、時どき、短いナレーションが入るのです。

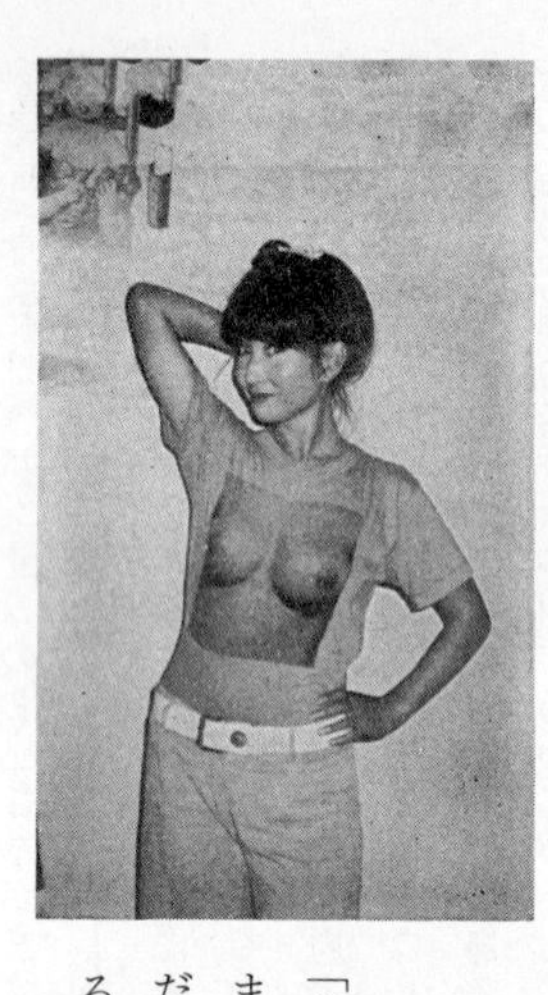

アメリカは、いろんな悪い点もあるけど、こういう、いい点もある、と私は思って、歯をみがいて寝ました。

×月×日　気分のいい天気　暑くもなし

今日は、前に、ニューオーリンズで買った「誰でもグラマーになれるシャツ」を着てみました。木綿のローズ色のシャツの胸のとこだけ、写真で写した「いいもの」がついているんです。

でも、これは、やっぱり外に着て行くのは、いくらシャツでも恥ずかしいように、私は思います。でも、家の中なら、かまわないから、着て、NHKの『ステージ101』でギターと作曲をやってて、いま、ニューヨーク中でやってるいい音楽を、はじから聞いて歩いてる清須邦義君に来て貰ってこの写真を撮ってもらったの。

そいで、やっぱり『ステージ101』で踊ってて、いまこっちの凄いダンスカンパニー（アルビン・アーレー）に入って活躍してる茶谷正純君と、岡紀彦君も招んで見せて、ついでに、『ステージ101』の脚本をずーっと書いてらした井上頌一さんも仕事で来てらして、清須君のアパートに同居してらっしゃるからお招びして、『ステージ101』の司会をしてた私が、しゃぶしゃぶを作って、みんなでおいしくたべながら、昨日、日本に帰ってしまった『ステージ101』の演出をやってらした渡壁煇さんの噂などをしたのです。

地球は本当に、せまくなりました。

×月×日　白っちゃけた日

マクガヴァンをテレビで見ていると、この人はふつうの人と違う点がある。それはなにかというと、三十分も長く一人で喋るときでも、メモ用紙とか、原稿というものはない。いつも前をむいて、下なんか一度も見ないで、はっきり喋るから、私は、なんか信用できるような気がしてしまうのです。

これは自分の選挙演説のときだけでなく、副大統領に、自分の党の人を推薦する、なんていうときだって、何も見ない。そして三十分くらい、力強く感じよく、よどみなく喋るから、たいしたもんだ。考えてみると、本当に喋りたいことが心にあるのなら、ひとことずつ、下をむいて、紙を見る必要はないことだと思います。

私の友だちの俳優は、ほとんどマクガヴァンを応援して一生懸命やってます。でも、ベトナム戦争を止めると、困る資本家がアメリカにはたくさんいるから、大変だと思うのです。

だけど、私の友だちは、資本家でも、みんなマクガヴァンを応援してるから、どうなるか、わかんない。でもニクソンも古くて強いから。どうなるかな。

×月×日　少し風の日

アメリカの人は、冗談が好きなんだと思います。

今日、私は郵便局に行きました。でも閉まる六時ギリギリに行って、おまけに手紙が全部書き終っていなかったから、目方だけ計ってもらって、封筒に切手を貼って、出すだけにして、残りを書いてたら、やせたお爺さんの黒人の郵便局の人が私の肩を叩いて、「お嬢さん、もう閉めますから、終ったら、出て貰えますか?」といいました。ちょうど手紙のほうも、最後のとこで「では、さようなら」と書けば、終りだったので、私は「では、さようなら」と書いて急いで封をして、エアメール用の窓にポンとほうりこんで、外に出ようとしました。

ところが、外から、もう入って来られないように鍵がかかっていて、中からも、鍵がないと出られないんです。キョロキョロしてると、他の、まだ残ってるおばさんなんかに、「出て下さい」とやってたあの黒人のお爺さんが、急いで私のところに来て「はい、はい、いま開けますよ」とクサリの先についている鍵を出したとたん、私を見て、「お嬢さんは可愛いから、今日は、もう、郵便局に泊っていきなさい。出してあげないから」といいました。

もちろん、これは冗談とわかっているから、私は「いやだ、泊っていかない!　出してよ」といいました。

そして外を見たら、ガラスのドアの外に郵便局のユニフォームを着て、入って来ようとする人に「今日は、もうおしまい!」といおうとしてるおじさんが立ってるのが見えたんだけど、このおじさんは、私の「出してよ」が聞えると、振り返って私を見て、大きな声で「わあー、閉じこめられた、閉じこめられた」といって、喜んで、とびはねてるの。

こんなふうにお爺さんやおじさんだって、よく疲れないな、と思うくらい冗談をいうのが好きなの。これが日本だったら正気の沙汰と思えないといわれても、当然だと思います。

いい年の大人が「可愛いから、ここにずーっといなさい」っていったり、外から、それを見て、「わあー、閉じこめられた、閉じこめられた」なんてとびはねたら。

バスなんか乗ってても、運転手のおじさんで冗談をいう人も多い。お婆さんなんかが乗りこんで来て、「これ、五番街行き？」なんて聞いて、本当は、そのバスが、そっちには行かないときなんか、「じゃ貴女は、私に公園を横切って五番街に行かそうっていうんですか？」なんていうの。そうするとお婆さんは怒ったりしないで、みんなと一緒に笑って、「まあ、まあ」なんて降りようとすると、おじさんは「ナンバー××にお乗りなさいよ」って教えてあげる。そいで、その冗談いってる間、バスは止ったまんまなんだから。

もっともマンハッタンのバスは、時間も、駅名もない。三分から五分おきに、どんどん来て、二ブロックごと（だいたい百メートル以内くらい）に止るから、別に時間は気にしないの。もちろん、バス・ストップっていうのか、駅のしるしはあるから、そこから、行く先のナンバーさえ間違えないで乗ればいいから簡単。

そんなわけで、おまわりさんでも、お役所の人でも、汽車の車掌さんでも、みんな冗談をいうから、よくいえば、余裕がある、悪くいえば、仕事中にふざけてるってことなんだと思います。日本の人に、こんな冗談をいってほしい、なんてはいわないけど、もう少し、お役所とか、いろんなところにつとめてる人も、自分らしくというか、人間的でいいと思います。そういうふうな人ももちろんいるけど、たいがいは笑わないし、こわいから。

×月×日　残暑きびしき折

今日は銀行に行きました。お金を少し出しに行ったんだけど、いつ行っても混んでるんです。この銀行はお城のように古くて、大きくて、普通のお金の出し入れとかの窓口が十個以上あるのに、それぞれの窓口に五人くらいか、ひどいときは十人も列になって並んじゃうの。

どうしていつも混むのかと思ったら、アメリカは、どんな人でも、どんな小さな払いも現金は使わずに、自分の小切手とか、クレジット・カードとか、銀行の小切手を使ってするので、なにかにつけて、銀行に来る用事があるのだと思いました。小切手というのは、少し大金のとき使うものと思ってた私は、三ドル（九百円）とか、そんなときだって、みんなどんどん小切手、切っちゃうからびっくりしちゃったの。先生の月謝なんか、みんなその場で書いて「はい」って先生に渡すしね。そいで私の切った小切手は、一カ月分、全部まとめて、後で私の手許に返って来ますから、手許のひかえとくらべたりできます。

そもそも、現金を持って歩くのより、面倒じゃないから、こういうふうになったんだと思うけど、いまではニューヨークが物騒だから、そうなったみたいに思えます。

日本で愛想がよく、物腰の丁寧な銀行の人に馴れてた私は、はじめ、あんまりアメリカの銀行の人が、郵便局の人なんかと同じで、とくに悪くもないかわりにいつもニコニコしてるわけじゃないのでびっくりしました。これは何故かというと、すべての人が現金を手許に置くということがなく、スーパーの買い物などで現金がいるときだけおろしに行くので、どこの銀行も繁昌してるから、特別サービスしなくてもいいらしい、とわかりました。でも支店長とか、新しく口座を作りたい人のための係員は、窓口の人よりは、少し愛想がいい、というふうでしたけど。

銀行ってとこは、見てると、いろんな人が来て面白い。ミンクのオーバーを着て、千五百円くらいを出すの入れるの大騒ぎしている人もいるし、肥ったおばさんで「これは、これの払い」「これは、これの払い」なんて、十五枚くらいの請求書みたいのと、銀行の通帳を窓口のカウンターに全部広げて、ひじなんかついちゃって、あれこれしてるから、こんな人の後に並んでたら、二十分くらい、かかっちゃうけど、みんな馴らされて静かに待っている。

そうかと思うと、旦那さんを並ばして、自分は椅子にすわってて、しょっちゅう旦那さんのそばに近寄って来ては「まだなの！」って怒るこわいおばさんもいるんです。「まだなの！」って、見ればわかるし、一列に並んでるんだから、旦那さんが悪いわけじゃないのに。そんなおばさんのつれあいのおじさんは、たいがいやせて大人しく、口答えなんかしない人が多いんです。

今日、私は、現金で買わなくちゃならない野菜とかアイスクリームとかのために、三十ドルおろしました。それを手に握って、出口のほうまで歩いて来たら、守衛のおじさんが、「ちゃんとお財布にしまっておくんですよ！」って、子供にいうみたいにいったから、その通りにして、よくあたりに気を配って、外に出たのです。そして、なんとなく、日が短くなったなあー、と思いながら、私はアパートに帰りました。

そして、夜はお招ばれなので、振袖を着て出かけて、帰って来てぬいで寝ました。

×月×日　ちょっと涼しい陽気

今日は、夕方から出かけるので、鏡の前で支度をしてたんだけど、いざ、頭の毛をやろう、というときに、頭からぬぐシャツを着ていることに気がついたので、ぬいじゃって、上半身、裸で、鏡にむかって、ちょっと左を見たんです。

そこは窓で、いつもは、木の細かい白のブラインドを閉めておくんだけど、今日は陽を入れるために、ほとんど開いてあったんで、そこからなんとなく外を見たら、おむかいの、「ダコタ」ってアパートの窓から、双眼鏡で、私を見てる人がいるんで驚きました。

ダコタは、『ローズマリーの赤ちゃん』のロケをしたところで、このあたりでは、もっとも古く、もっともお値段が高く、ローレン・バコールなんて女優さんも住んでる上等のアパートなんだけど、こんなに素早く見る人がいるから、びっくりした。

そいで、私がそっちを見たら、パッ！　と、やっぱり白のブラインドの後ろにかくれたけど、私が気がつかないふりをして頭をやりながら、そーっと見たら、また双眼鏡で見てるんです。紺の縞のワイシャツを着た中年くらいの、よさそうな男の人なんだけど、なにしろ顔は双眼鏡がひっついているから、見えないので、つまりませんでした。

でも「下品なヒト！」と少し思ったけど、考えてみると昔、『オー！カルカッタ！』を見るのに、前から三番目の席で、双眼鏡持って行って眺めた私のほうが下品かもしれないと反省して、洋服を着て出かけました（ダコタは、その後、入口のところでビートルズのジョン・レノンが撃たれて死んだアパートとして、もっと有名になりました）。

×月×日　かわった人が演説する日

今晩、困ったことが私のアパートのあたりで起こりました。それは、かわった人が夜中に道路の真ん中で演説を始めたからです。

だいたい、この人は、最近私の界隈に引越してきた黒人のお爺さんで、引越してきたといってもホームレスなので、道路なんかに寝たりするらしいから、こういう場合は引越しより移動のほうがいいかもしれないけど、とにかく一カ月くらい前から、家の近所で見かける人なんです。細長い体で、手足がブラブラとあまるほど長く、少し猫背のお爺さんで、目が光っていて、ちょっときれいな顔なのです。

昼間、道路で子供の遊びにまざろうとして仲間はずれにされてるとこや、歩きながらブツブツひとりごといって笑ったりしてるとこや、あきらかにヘンらしいという動作をしてるのに何回かぶつかりましたけど、私は別におどろきませんでした。

なぜおどろかなかったかというと、ニューヨークでは、こういうふうな人をよく見かけるからです。それに私だって、たまには歩きながらブツブツいって笑うことだってあるし、そういう所を見た人は、私をヘンな人と思うかもしれないけど、私はヘンじゃないし、第一本当にヘンな人は、自分がヘンだと思ってないそうなので、私は「人が見たら、私をヘンな人と思うかもしれない」と今いったくらいだから、本当はヘンじゃないのです。私のいまいったことのわからない人は、もしかしたら、もうヘンになっているかもしれませんよ。そんな具合だから、そのお爺さんだって、私は特別におどろかなかったんです。

ところが、今晩はやっぱりおどろいたんです。なぜなら、突然このお爺さんが私のアパートの下で、夜中の十二時半頃から空中にむかって演説を始め、それがとてつもなく大きい声で、エネルギーにあふれ、二時間も続いたからです。

いまに声が出なくなって、体も疲れるから静かになるだろう、なんて思ったのは私の間違いで、永久に止らないとさえ思ったくらい続きました。そして一番おどろいたのは、これがふつうの人にはできない芸当なんだけど、ふつうの人は演説とか、怒りの声を出すときに、声が高くなったり低くなったり、感情があがったり平静になったり、あれこれ調子が変るんだけど、このお爺さんは、いけどもいけども、同じ音程、同じ息づかい、同じテンポ、同じ怒った調子なので、完全にこっちが疲れてヘンになるのです。おまけに、ナニをいってるのか、まったくわけのわからないことなんだから。

いまに誰かが「シーッ!!」というかいうかと待ってたけど、誰もいわないで、やっと二時間くらいして、電話をした人がいるらしく、パトカーが来たのです。そしたら、お爺さんは、歩道を喋り続けながら走って逃げたようでした。

二時間も同じ叫び声を聞かされた私の耳は、静かになったあとも、音が鳴り続けて止らないのです。私は、お爺さんのいなくなった道路を、五階の私のベランダから見下ろしてみました。そしたら、あのときはうるさかったのに、いまはなんだか寂しい気がしてくるからヘンです。やっぱり私はヘンな人の友だちなのかな。

追伸。次の日から、私の界隈からあの黒人のお爺さんの姿が消えた。どこへ行ったのかな。家族はいないんだろうか。これから寒くなるのにやっぱり外に寝るんだろうか。雪の積もった夜、空にむかって演説するのかな。あの人、幸せだった日はあったのかな。もしかしたら、ヘンになってしまったいまが、一番幸せなのかもしれない。お爺さん、元気でいて下さい。

×月×日　秋晴れといってもいいほどの天気

セントラル・パークの中を馬車が走っている。もちろん、観光客のためのものなんだけど、最近ちょっとした事があったのです。

それは、いままで御者というのは全部男の人で、ヒッピーみたいなお兄さん風とか、ちょっとしゃれてシルク・ハットかぶった一見ハンサム風とか、西部劇に出て来そうな、人のいい、ホッペの赤いお爺さん風とかだったんだけど、突然女の御者が二人増えたんで、男の御者がモメたんだってサ。なぜかといえば、お客は男が多く、そうすりゃ女の

御者のに乗るだろうっていうんで。

でも、私が女の御者を見た感想をいえば、若いというだけで、別に魅力的というのでもなく、ジーンズにブラウスといったふつうのいでたちで、愛想もなく、どうということもなかったみたい。でも、男の御者にとってみれば、女にこの仕事に足を踏み入れられた、というのが気に入らないらしいの。

どっちがいいかは、やっぱり馬に聞いてみたほうがいいと、私は思うのです。馬だっていろいろ意見はあるんじゃないの？　それにしても、ニューヨークはまだまだ男の世界って気がするので、私は日本人でよかったと思ったのです。

×月×日　スカートのまくれない程度の風の日

今日新聞を読んでいたら、七月にロンドンで死んだパンダのチチは、剥製(はくせい)となって再びお目にかかります、と出ていたので、よかったと思ったのです。もう、おそらくロンドンに生きたパンダが行くことは考えられないから。オーストリアの動物商が、ロンドンにチチを売ったとき、いまから十五年前で、一千万円もしたんだし、中国がイギリスと手を握っても、いいことがあまりなさそうだから、プレゼントするなんてこともないだろうし。

それに、日本で剥製というと、狐とか、鳥とか、カチカチのものを思っちゃうんだけど、外国は大きいものを剥製にするのに馴れていて上手な人がいるから、剥製といっても、おっかなくないし、顔の表情とか、目線とか、体の重心とか、格好とかが、芸術的でいいのです。

ニューヨークの自然史博物館には、子供のパンダの剥製が二匹いて、雪景色の中に一匹はよつんばい、一匹は笹を持って立っているんだけど、うまくできているから、動かなくても可愛いといっていいくらい。

でもなんていっても、この博物館で感心したのは、大きい象の大群（編集部註・大群というので、筆者に問い合わせたところ、七匹とのこと。ただし、一匹の象の高さが三メートルくらい、長さが四メートルくらい、それが子供をまぜたにしても七匹も並んでいるのは、大群としか見えない、というご意見でした）。耳をダンボのように空にむかってひろげた父親。頭を上げて、母親のしっぽに鼻をまきつけている子供。みんな生きているように、行進しているように見えるじゃないの。

アメリカのお金の力をまざまざと見るような気がするにしても、私はこの剝製技術には感心するのです。だって私なんか、あんな大きな象の中身をすっかり取って、皮のダバダバになったのを見たら、もうそれだけで疲れて、中にものを詰めて立たせる気力なんて、ないと思うの。風船みたいにふくらませりゃいいってもんじゃないものね。象だって歳とってくればたるんでくるから、背骨がちょっと骨ばってお腹のほうに肉がなだれ落ちてるってふうに。そして、事実そんな具合にその剝製はできているんだから、もちろん、小さい子供はまんまるで、若々しくできてるし。

そんなわけで、パンダのチチもきっとまた人気者になって、今度は死ぬことの心配もなく、ずっとそのままでいくんだから、いいなと思ったのです。

それで、同級生のアメリカ人の俳優にそのことで電話したら、チクノー症の手術で故郷のフィラデルフィアに帰ってるっていうじゃないの。私は、象の体中の肉を全部ひきずり出すなんて、大ざっぱなこと考えてたから、鼻の手術なんて、急に細かいことにイメージがいくのに骨が折れたけど、やっぱり頭を集中して想像してみて、チクノー症も大変だナと思ったから、早くよくなればいいと考えて、歯をみがいて寝ました。

×月×日　寂しい雨の日

今朝、日本のNETテレビジョンから電話がありました。何カ月も前から、新しく始まる『13時ショー』の司会をということでいろいろ相談してたんだけど、今日ついにお引き受けするって決めました。

だから、予定より半月くらい早いけど、準備のために帰ることになるわけです。そう思って窓をあけて外を見たら、雨が降っていてなんだか寂しい景色だったから、私はこういう瞬間が「巷(ちまた)に雨の降る如く、わが心にも涙ふる」というのかしら、と考えたけど、その瞬間に、落語の（三遊亭）小円遊(こえんゆう)さんの「巷には……」というのを思い出して、やっぱり一年も仕事から離れていたのに、仕事をするとなると、すぐこういうことを思い出すから、私はテレビに毒されているらしいとがっかりして、窓をしめ、一人で静かに帰ることについて気分をまとめることにしました。でも、きっとまとまらないと思います。どしてかっていったら、いままで一度だってまとまったことがないんだから。

それにしても、一年なんて早くて、まったく「光陰矢の如し」だと思いました。そのとたんに、昔テレビのクイズの司会をしてたとき、このことわざを子供に聞いたら「工員さんが朝寝坊して遅くなったので、矢のように飛んで行く」という意味だという意見が圧倒的だったことを思い出し、またスタジオに帰るのだな、とだんだん現実に思えてきたのです。

私は、午後になって、雨のためますます暗くなっていく部屋の真ん中にじーっとしたまま、「お別れをいう人のこと」、「ただいまをいう人のこと」、仕事のこと、ニューヨークの生活のことなどを、いつまでも思っていました。

×月×日　しんとした秋の気配の夕方

帰る仕度のために、抽き出しの中のいろんな紙とか手紙なんか整理してたら、外で女の人のガヤガヤ喋る声がするから窓からベランダに出てみたら、むかいのアパートの下の歩道に、わりといいダブルベッドと鏡台を捨てた人がいて、それについてもらおうか

どうか、みんなが話してるところじゃないの。

面白いからずーっと見てたら、一人の女の人は急いで家に帰って、すぐ旦那さんを連れて戻って来て、二人で真剣にさわったり、動かしたりして相談してるの。とうとう並んで寝てみていました。でも結局、この二人は長い相談の結果やめました。

次に若い女の子が来て、女の友だちと見てたんだけど、しばらくしたら母親らしい人をひっぱって来て、また相談。これもあきらめたようで、そのあとは犬をつれた男の二人づれで、話が合って持って行くか！　と思ったけど、やっぱりやめて、歩いて行ってしまいました。行くとき、犬が片足をあげてベッドにおしっこをして行きました。

こんなことが、夜おそくまで続いて、私も

窓から出たり入ったりして様子を見てたんだけど、もう夜中の二時で、まだベッドと鏡台はあるし、人も必ず立ち止って見ていくんだけど、寝ることにしました。

×月×日　アパートの五階の私の窓に秋の陽ざし

目覚ましをかけて八時半に起きて、ゆうべのベッドと鏡台の様子を見ようと決めてたから、急いで起きて窓をあけて外に出たら、がっかりするじゃないの。もう、どっちも影も形もないの。寝てるうちに、誰かが持って行ったに違いない。私は残念な気持で、コーヒーを作って飲んだのです。

×月×日　別れが近づく日

私が古道具屋で買った家具は、全部、この前にも書いたNHKテレビジョンの『ステージ101』で私と一緒に出ていたダンサーの茶谷さんと岡さんが買ってくれることになり、おまけにやっぱり『ステージ101』でギターを弾いてた清須君と三人で、日本に送る荷物などの荷造りをしてくれました。

その上、この一年の間に増えたもので、日本に持って帰れないもの（おなべやチリトリや残った台所の洗剤や冷蔵庫の中のもの＝シオカラ・梅干・納豆・野菜など）を全部整理してくれたので、私はノイローゼにもならないで、笑ってニューヨークにさよならがいえるわけです。こんなうれしいことってないと思うのです。

ありがとう、お友だち!!

×月×日　静かな日

私はいま、はは（母）のベッドにひっくり返って、黒いプードルの背中を掻いてやっているのです。ニューヨークに、なんで私のははがいるのか、というと、これは、私の本当の母親ではないからで、字では、ちょっとわからないけど、見たら、完全に、私のははではないと、すぐわかる。第一に、髪の毛が金髪、第二に、目が、いまは薄いブルー。どして、いまは、というかといえば、お天気によって、この目の色が、すみれ色になったり、グレーになったり、いろいろ変るから。第三に、背が高く、第四に、英語で喋る。だから日本語はできないか、というと、少しできるのです。私が教えたんじゃないのに、ある日、突然「ワタシのシュジンはテンサイです」なんて、いうんだから。

天才の主人は、ハロルド・ロームさんといって、作曲家です。何十年か前に、『ファニー』というブロードウェイのミュージカルで有名になってから、その後、いくつかのヒットをとばし、日本の帝劇でやった『スカーレット』の作曲もしました。そして、絵描きとしても本職。だから、ブロードウェイとか、芸術家の中では、びっくりするほど、人気があるのです。

で、この『スカーレット』に私も出ていたので、お知り合いになり、「近いうちに、ニューヨークに遊びと勉強をしに行くつもり」といったら、天才の奥さんのフローレンスさんが、「では、私が、貴女のニューヨークでのははになりましょう」といったので、それから、ニューヨークの五番街に、外国人のははができた、というのが、長いけど、私のははは物語り。

なぜ、ママといわずに、ははというか、というと、これは、フローレンスさんが、いつも私にくれる手紙の最後に、ひらがなで「はは」と書いてきて、喋る時も、「はは」というからです。ついでにいうと、私への手紙の始まりは、「むすめ」です。

で、今日、ははは風邪ぎみなので、ベッドに入って枕を背中にして、もたれてる、って格好。私は、大きなそのダブルベッドの、天才が寝るほうにねそべって、いま二人して、世間話なんかしてるんだけど、実のことといって、二人とも泣きそうなんです。どしてかって、もう明日、私は日本に帰るから。でも、この優しくて、頭がよくて、ユーモアのあるははは、別れるときも、きっとうまくやってくれるに違いない。

このははは、一年前に、私がニューヨークに来たとき、まるで、初めてパーティにデビューする娘って具合に、私をいろんな家とか、パーティとか、食事に連れてってくれ、たいがい、その次の朝、「もう一度、テツコに逢いたい」なんて、前の晩、逢った男性からデートの申し込みの電話が、ははのところに来るので、その中から、いろんな点で、よろしい、と思う人についてのデーターを知らせてくれたり、なるべくステキで天才的な人の来るパーティなんかに連れてってくれたのです。

このへんで、「本当に、そんなにデートの申し込みがあるのかな?」って、もし思った人がいたら、その人はよくない。どしてかっていうと、それは、私のことを心の中で「そんなにもてるほど、いい女かな?」って、ちょっとでも思った証拠だから。それは、つまり、うたがいで、人をうたがうのは泥棒のはじまりです（編集部註・筆者は、嘘は泥棒のはじまりと混同していると思われます）。

ははのお友だちは、みんな、「フローレンスはユダヤ人の、もっとも良い母のタイプ」と讃めていいます。

ははは、私を「むすめ」と呼び、本当の娘（十五歳）もいるんだけど、その子は英語の子だから「ドーター」と呼んで区別してるわけ。いま、ベッドのははは、ははのははの家に電話して家政婦と話し、九十歳になるははのははが元気でいる、ってことを確かめました。

地球がせまくなった、といっても、やっぱりニューヨークと東京は遠いのです。お別れは本当につらい。こんなにつらいくらいなら、初めから、別れがつらそうなステキな人には逢わないようにして、別れるのがうれしいなんて、イヤな人ばっかりと逢えばいいかというと、やっぱり、少しでもステキな人とは一緒にいたいから逢うんで、逢ってよかったんだから、別れのつらさは仕方がない、って、みんな、そんなふうにあきらめて、我慢していくのかな。私には、よくわかんない。

私にわかるのは、別れたいって思ってる人は、なかなか別れられなくて、別れたくないって思ってる人は、別れなくちゃならないときが、よくある、ってこと。

私は、日本のははと、そっくりの手をしてるニューヨークのははが、刺繍を始めたのを見たら、急に涙が出て来たから、犬を走らせるふりをして、台所に行って、急いで涙を拭いたのです。

私は、いい女優じゃないから、涙を出す芝居はできるけど、出て来ちゃう涙を止める芝居は、とても下手なのです。

早く、今日が過ぎてしまえばいい。

×月×日　雨

お別れは悲しい。

でも「お別れは悲しいけれど、出発はうれしいな、サヨナラ、サヨナラたくさんいって、元気に、元気に出発だ！」って、『ヤン坊ニン坊トン坊』の中で、よく歌った歌を思い出して、私は、みんなに笑ってサヨナラといったのです。

×月×日　晴　雲の上

私はいま、日本に帰る飛行機の中に坐ってお食事をいただいています。メニューをいうと、とてもおいしいおさしみ、お野菜の煮物、貝のからあげ、卵やき、焼き鳥、おつけもの、の入った幕の内弁当であります。

頭の中は、いま別れたニューヨークのことも、これから着く日本のこともなく、ただたべているのです。私の後ろの席の男の外国人の人は洋食のメニューを注文したから、

洋食をただたべているのです。みんなだまって前をむいて、ただたべているのです。

飛行機だけは死にもの狂いで走っている。

そして、私たちはただたべ続けたのです。

これで、私の「綴方・ニューヨーク」はおしまいです。ずーっと読んでくださって、有難うございました。チャックより愛をこめて、お礼を申し上げます。

ニューヨークの仔猫ちゃん

紙に書いてしまえば、「行ってまいります」と、そして「ただいま」は、ホンの二行で足りてしまうんですけれども、その間に一年間という日々があったわけです。

この「行ってまいります」と「ニューヨークの仔猫ちゃん」（原題「ニューヨークのみやげ話」）は、私が行きますときと、そして帰ってきたときに『婦人公論』に書いたものです。

私がなぜアメリカへ行こうと思ったか、そして行くときどんなことを考えていたか、行ってから一年間のことは「アルファベットだより」とか、「綴方・ニューヨーク」を読み返せば、自分でもわかるんですけれども、帰ってきたとき、どんな気持だったかなんていうことも、まとめてみると、こういうことになるのかしらと思います。

それで、みなさまについでに読んでいただきたいと思いまして、内容は多少、重複する部分がありますが、「行ってまいります」、そして「ニューヨークの仔猫ちゃん」、この両方をここにいれさせていただきました。

行ってまいります

女優、という仕事を続けて、十五年になりますが、はじめ私には、女優になろうなどという、だいそれた気持はサラサラありませんでした。私がなりたかったものは、戦前は、バレリーナ、幼稚園の先生、従軍看護婦、国際的女スパイ。戦後は、競馬の騎手、オペラ歌手、音楽評論家。

競馬の騎手には、目方が重め。オペラ歌手には、声が不向き。音楽評論家というのも、「未完成交響曲」と「悲愴」を聞いて、どっちがどっちかわからないから、とても、なれない。だから、結婚して、ふつうの奥さんになって、子供を産んで……と、なんとなくいくんだろう。そこで、子供が生まれたとき、自分の子供に、上手に話のしてやれるお母さんになりたいな、と思ったんです。

ＮＨＫの放送劇団で、募集しているのを知り、そこへ行けば、上手に話をする方法を教えてくれるかもしれない、と出かけたら、五千～六千人も受験生がいました。その中から、なぜ、十三人の合格者の中に私が入ったのか、不思議でした。筆記試験は、二十五問中、できなかったのが二十問。パントマイムも、できなかった。つまり、これだけできない人なら、無色透明で新しいテレビの仕事には教えるのに都合がいい、だから採用した——と、あとで聞いてよろこぶべきか悲しむべきか、悩みました。

私、母親になるのが目的だったから、プロ根性に欠けていたのですね。台本に〈笑う〉とあると「どうしておかしくないのに、そこで、笑わなくちゃいけないの」と聞く。なにかにつけて、「どうして？」で、聞きたがり屋の徹子ちゃんと、いわれました。

二、三年たったある日。自分が女優になりたいか、どうかは別にしても、なった以上、これじゃマズイな、自分でやりたいことがあって、まわりの人々に、それをわかってもらうためには、自分も、それだけのことをしなくちゃいけない。だから〈笑え〉といわれたら、脚本と演出が、笑うことを要求しているのだから、どういうふうに感情を笑うところまで動かせばいいのか、研究しなくてはいけない、なんていうふうに考えるようになったのです。元来、私は、晴れた日、スタジオにいると、あ、今日は、みんな動物園へ行くんじゃないか、と思い、そのまんま、私も、カバンを持って動物園へ行っちゃいたい人間だったけれど、それでは、たくさんの方の中で、仕事はできない。それはそれで、マトメて、いつか、どこかへ行けばいいや。そう思いました。

それとは、逆に、女優になろうと考えていなかったので、演技コンプレックスも、あったのですね。私は、「個性が強い」とかいわれ、ナニが自分の個性か、はっきりわからないのに「あなたの個性は、これです」と台本を持ってこられると、それを演る。自分の個性がこれだ、と見きわめがつかなかったから、いつも、そこで、低迷状態でした。

文学座の演劇研究所にも通ってみました。

女優は私にとって、けっしてイヤな仕事じゃない。好きな仕事だけれど、そうして、なんとかかんとか十五年、この生活を続けたけれど、このへんで、レールから降りて、引込み線に入って、考えてもいいんじゃないか、そう思ったんです。

学校出てすぐ仕事を始めたので、これまで、「明日、どうしようか」なんて、考えたことがなかった。いつも「明日はどうしなきゃならない」ときまっていたから、「どうしようかな……」って生活をしてみたい。それだけの理由なんです、一年間、休んでニューヨークへ行くのは。

「それができるのは、スバラシイ。ぜひ、行ってらっしゃい」とか、「私の身代りに行ってくれるような気がする」といってくださった女優サンがいる。「あ、うらやましいなあ。ガンバッテね」。一日、三十〜四十人の仕事場の人に、声をかけられた。ありがとうございます。涙が出るほど、うれしかった。

芸能界って、特殊な世界で、異常な人間が集まって、シノギをけずって、イガミあったり、シットしたりしている、とお思いのかたが、多いかもしれない。私も、少し、この世界に絶望したこともあった。だけど、みんなやさしくて、そしてみんなも休みをとって、ちょっと、自由になって、なにか吸収したりしたいんだなと、今度のことでわかりました。

悪いけど行ってまいります。

私は、もの心ついてから、母に叱られた、という記憶がまったくなく、母はよく私を理解し、自由にさせてくれた人。いま六十歳ですけれど、五十五歳すぎて、犬カキができるようになり、三メートルぐらい泳げるようになったという人ですが、「いいじゃないの。行ってらっしゃい。行くなら、いまのうちよ」父も「気をつけて」弟妹も「ノンビリとね」。そういってくれた家族。行ってまいります。

この十五年間、暖かい家族と、気にいった人たちとの楽しい仕事の往復で、それはそれでステキだったけれど、それだけでは、人生の感情も、わからなくなってきてしまうんじゃないか。女優という仕事を選んだけれど、大切なのは女として、人間として、人生を続けて行くことと思っています。

「あなたにとって、きっと必要なことだ。たぶんちがった面白いモノを、持ってきてくれるでしょう」と、快く、『繭子ひとり』の途中でぬけるのを許してくれた、テレビ局の方。私自身、田口ケイという人間、私がヤメた瞬間から、いなくなるわけだから、離れ難いのです。役と別れる、という気持も、実に不思議に淋しいもので、私はいるけど、その人は、いなくなってしまう。

「私、とても淋しくなります」と涙をためていってくれた、六本木のケーキ屋のおねえさん。あなたが、そういってくれたとき、あ、この十五年間もムダではなかった、と思いました。「ガンバッテネ！」といってくれた、NHKの食堂のお皿を洗うおばさん。みんな、いい人ばかりで、だんだん、離れ難くなってくる。行きたくなくなってくる。でも、頑張ってみましょう。いつか、たぶん来年の秋ごろ「ただいま」をいうまで……。行ってまいります。

ニューヨークの仔猫ちゃん

私は、女優としてよりも一部では、パンダ研究家として知られているような人間なものだから、今度、日本にも中国から、パンダをいただくことになり、たくさんお問い合せがあったりしました。

いま、世界の動物園にいるパンダは、十七匹ということになっているわけですね。で、その動物園にいるのが日本へくるのか、その数に入っていない四川省の飼育場からコドモがくるのか、それともワシントンのように野生のがくるのか、それは私、知りませんけれど、番(つがい)をくれるということは、将来、コドモが生まれるということを、見込んでのことだと思うので、そういうことから考えると、責任はものすごく重大です。

まあ、日本人は、中国人と同じような顔をしてるから、あんまり、パンダはアメリカ人を見るようには、ビックリしないかもしれないし、好物の笹やタケノコがたくさんあるのもいいことだと思うけれど、責任はやっぱり重大です。

というのは、パンダっていうのは、二匹いるからって、必ずしも仲が良くなるってもんじゃなく、非常に相手を選ぶ動物なのね。四匹メス、一匹オス、という組合せが、中国の動物園にあったけど、全部のメスが、そのオスはイヤだっていったがために、オスはどうしようもなくて、まったく無用になって、よその動物園へ連れて行かれたって話が、あるくらい。好き嫌いがとても激しいから、とても大変です。

それといまや、パンダをくれるということは、中国が、政治的にいって、どれだけその国を大切にしているかという証（あかし）と思っていいくらい、パンダっていうのは、価値があるものになっているんです。

だから、私は、アメリカがもらったパンダをワシントンまで見に行ったときに、「中華人民共和国からアメリカのみなさんへあげます」と、墨でくろぐろと中国語で書いてあるのを見てね、とってもうらやましかった。

そして、同時に政治というのは、恐ろしいもので、いつどこで、どう手を握るかわからない。

中国はアメリカと手をつなぐことが必要なんでパンダを贈ったけど、日本には、ずいぶん前から、パンダをくれっていっているのに、くれる気配もなくて、と、うらやましく、また恐ろしいと考えたのでした。

だから、今度の話を聞いたとき、うれしいのと同時に、とても複雑でしたね。

だけど、それはとにかく、パンダが日本へきたら、なんとかタダで見せるようにはできないものか、などとも考えたりしているうちに、帰国のご挨拶が、遅れてしまいました。

で、タダイマ。

でした。

「タダイマ」と帰ってきて、うれしかったのは、迎えてくださる方が、大きなモノを期待なさらないで、ただ「楽しかったですか、よかったですね」って、いってくれたこと

私は、帰ってくる飛行機の中で、もし、みなさんに「アナタ、一年間アメリカにいて、何を得たと思いますか？」「どんなふうに、変わりましたか？」と訊かれたら、何と答えようかと、思っていたのです。

私が、行く前に考えたことは、朝、起きて「あ、今日は、何をしようかな」って生活を学校卒業してから、一回もやらなかったから、やってみたいな、ということだったので、それがわかってくださるといいな、と思って帰ってきたのです。

アメリカへ、一年間、行くにあたって、「帰ってきたとき、不安じゃないですか」というご質問がありました。

たしかに、不安といえば、不安だったけれど、もし、私が忘れられて、帰ってきたとき、仕事がなにもなかったとしたら、テレビというのは、出ていなくちゃダメ、ということになるんですもんね。そしたら、十五年間、とにかくテレビの中で生きてきたことが、まったく実を結んでいなかった、ということになるんです。

テレビは、出ていればいいってもんじゃないと、私は思っているから、だったら、ほ

かの仕事をするしかないと、私は決めてたんです。

たまたま、女優という道を選んだけれど、これは、女として生まれて人生を歩んでいくとき、踏み出した道が女優であったということなんだ、女優という職業は、創造的な仕事で、私、とても好きなんだけれど、もし、そうでなくなっても、いまと同じように、自分らしく生きていこう、不安がっていても、仕方がない、と、出発したのでした。

「タダイマ」といったら、みなさん忘れないで、お帰りなさいと、声をかけてくださった。レストランの人、道で逢う人、タクシーの運転手さん、文房具屋さん、八百屋さん、そして俳優のお友だちも。

岡田真澄さんは、雑誌の対談の相手に招んでくださってね、終ったら小さい声で、自分がフランスから帰ってきたとき、貯金も全部つかいはたして、全然お金がなくて困ったから、対談料なんか貰うとうれしいと思ってさ、といってくれました。

「いいじゃない。行ってらっしゃい。行くんなら、いまのうちよ」と、とても呑気に送ってくれた母は「どうだった。よかったじゃない。また、行きたくなったら行けばいいわ」といってくれました。

いちばん私が逢いたかった二人の姪と一人の甥は、ちょっと見ないうちに、ずいぶん大きくなっていました。その小さい子供たちの、四歳から五歳、二歳から三歳、半年から一歳半へ、という一年は、「見逃した」という感じがしてくるのです。大人の一年は、どうということもないけど、その子たちの、いちばん可愛い成長の時期を見逃してしまったのが、この一年の唯一に残念なことでした。

ひとり暮しに少し自信を持ち、洋服を二着半つくり、セーターを一枚つくり、芝居を見にだけきたんじゃないぞ、と思ったので、芝居はあんまり見ないで、そのかわりいろんな人生を見て、私は、帰ってきたのです。

女優をやっているときは、家とスタジオの往復で、そして、逢う方がだいたいきまっていて、その中で人生を演じていくわけなんだけれど、やっぱり、仕事しないで、じーっといろんな人を見たのは（それが、本当の人生っていいますかね）、いままで、私たちが演じ、創ってきた人生とはまったくちがう人生を、見てきたのは、身になったと思うのです。

でも、それとは逆に、ある種、絶望感みたいなものが、この一年でさらに、深まったような気もします。

人間って、生きていくのが、とてもツラくってね。アメリカ人であろうと、日本人であろうと、何人であろうと、とくに女が生きていくのはとても大変でね。生きていくの

はできるかもしれないけれど、傷つかないように、気も狂わずに、自殺をしようとも考えずに、生きていくのは、とても大変だと思って。

それは、アメリカで逢った、たくさんのお婆さんのせいかもしれない。

さて、これはあくまでも私の考えなんだけれど、アメリカでも、男の人は、離婚するとお金がかかるし、ナンノカンノといろんな風当りが強いしで、そう簡単に別れられないのね。

日本では、離婚の原因に「性格の不一致」が多いんだけれど、ハリウッドの俳優さんなんかだと「精神的虐待」というのがなんとしても、多いの。精神的虐待とは、肉体的に旦那さんが、カマワナイってことだそうで、それが離婚の原因の第一位になるのは、とにかく結婚しているかぎり、つねに全面的に夫は妻を、不満足にならないようにしなければいけないわけね。

名前を呼ぶのでも、日本だったら「バアさん」とか「オマエさん」というところを、どんなにトシとっていても「オジョウチャン」と呼んでみたり「カワイイコネコチャン」と呼んでみたり「シュガー」って呼んでみたりするわけね。「シュガー」なんて、どう訳したらいいのか、「私の可愛いお砂糖ちゃん」だかなんだか。その人が七十になっても、八十になっても、いうわけね。

話はかわりますけど、むこうの人は、うんと親しくなると、よその奥さんが、よその旦那さんの唇にキスしたりなんてことは、日常茶飯事なんで、キスしたからどうってこと、まったくないんだけれど――。でも、若い女の子が、初めて男の子とキスするなんていうと、タイヘンなのね。「あ、もう今日はタイヘンダ、タイヘンダ」なんて、私の友だちの娘がいってね、「今日もうキスしちゃった」なんていって。私、びっくりして、キスしちゃったって、毎日毎日してるのにといったんだけれど、習慣的儀礼的キスでなく、自分が愛情をもってする初めてのキスは問題になるんだなって興奮してるんで、ちょっとうれしかったんです。

とにかくそんなわけで、のべつまくなし、旦那さんが、どんなお婆さんになった奥さんでも、抱いたりキスしたりするのよね。もうしょっちゅうしょっちゅう。で、アメリカってのは、行くまでわからなかったんだけど、女の立場が弱いのね。アメリカの女の人が強い、強いっていわれるのは、結局、立場が弱いからなのね。

私の演劇の女の先生が、あんまりうまいので、演出家になれるのに、なろうと思わなかったの、といったら、なんせまだ、ブロードウェイは、男の世界で、男の人には、「女に何ができるか」というところがあるんだって。一度やってみたけど、みんなが協力してくれなかったら、演出家は、芝居なんか絶対、できませんからね、って。そういえば、少なくとも、名前のあげられる女の演出家っていうのは、いないのね。日本は何人かいらっしゃるのに。だから、ウーマン・リブがアメリカで出てきたの、わかるような気がしました。

それはともかく、不満足にさせちゃ大変だから、男の人は、どこへでも奥さんを連れて行って、仔猫ちゃんといったり、あの、たいていダブルベッドなんだけど、ダブルベッドに寝たり、という生活をしている。

それだから夫が死んだり離婚したりすると、もうメチャメチャになっちゃうのね。もう「仔猫ちゃん」なんて、誰もいってくれないから、淋しくて、淋しくて。『欲望という名の電車』とか、アメリカの映画によく出てきますでしょう。淋しくてしようがないから、もう、どんどん人に話しかけちゃうわけね。私なんか、どのくらいお婆さんから、話しかけられ、意見を求められ——意見たって、「今日は寒いと思うけれど、アンタはどう思うか?」とか、道なんか犬が歩いていると、「私はこの犬、大嫌い、アンタも嫌いでショ」とかいうようなことなんだけど。そして、道路を横切るのがコワイからついてきて、とか。子供なんか、みんな独立して、それが慰めにきてくれるなんて期待できないんですもの。

それにくらべると、日本のお婆さんはお爺さんが「仔猫ちゃん」なんていってくれないから、一人になってもおかしくならないんでしょう。そのかわりじっと耐えて、うちにこもっているから、お気の毒に自殺ってことになったりする。その点、アメリカのお婆さんは、自殺しないと思うのよ。だって、気がヘンになったように、だれかれとなく「私の主人は死にました」って、泣いて慰めてもらうわけね。いま、死んだのかと思ったら、それがもう、五年前なんだって。

それを見て、たまらなくてね。人間て、どうしたって、歳をとっていくものでしょう。どう、うまく歳をとって、うまく死ねるか。難しい。

アメリカで、私が習った歌の中に、

hard to live

but hard to leave

というのがありました。この世は、生きるのも難しいし、死ぬのも難しい。人生って、そんなもんじゃないかと思うのです。

前から思ってはいたけれど、じーっとだまってよその人の人生を見ていたら、余計、その絶望感は強くなりました。

今度は、明るい話です。

人間として、自分の年代年代で、魅力的な人になりたい、女優をしていようといまいとやっぱり人間が大切なんだ、人間味が大切なんだ、と私は思ってきました。

ところが、俳優なんていうのは、芸さえありゃあ、人間なんか悪い方がいいくらいだって話を、昔から聞いていました。

私は、平凡な考えかもしれないけれど、人を傷つけ、踏みつけ、それで舞台の上で、いい芝居をしたからって、それが何になるだろうと思っていました。だって、後で、あのときあんなに人を踏みつけたり、押しのけたりしなければよかったなんて後悔するようになったら、辛いじゃない。だから、いい人でありたいと、思っていました。

私、むこうへ行ってね、ブロードウェイでいちばんいい俳優という、ゼロ・モステル

という人に逢いました。『屋根の上のヴァイオリン弾き』の主役を最初に演って、自分がやめても、その役はモステル風として、八年半もほかの俳優にうけつがれたのです。典型的なユダヤ人の俳優でね、喜劇俳優としては天下一品だし、人間的な心理的演技をして、笑わせて、泣かせる人。

それから、ヘンリー・フォンダにも逢いました。私、映画で見ていたときは、この人、わりと冷静な俳優だと思っていたんだけれど、そうではなくて、舞台で見たとき、冷静なように見えるんだけれど、ものすごい情熱が中で燃えているような俳優でね。こういう俳優を初めて見たから、とてもビックリしたのです。そして、素顔のときは、六十六歳と思えないほどセクシーで。

それから、キャサリン・ヘップバーン。こういう、いわゆるいい俳優に逢って、どの人にもいえることは、人間的魅力が、あふれるようにあるということ、どの人もやさしい人であるということ。このヤサシサっていうもの、人のことは、だませないものでしてね。例えば、日本からきたから、そのときだけやさしく見せようなんて思っても、やっぱり、そうダマされるほど私も若くはない。

キャサリン・ヘップバーンにしても、あんな大スタアなのに、なんていうのかしら、ふつうの人で、若いときはケンカ早くて、日本でいうなら「ゴテキャサリン」て仇名があったというけれど、いまは、一緒に出ている若い俳優から尊敬されている素晴らしい人間だということが、舞台全体ににじみ出ているのね。

そんなふうな、やさしくて、愛情があふれるようにあるって人を何人か見たのが、私のこの一年のいちばんの収穫でした。俳優というのはね、人が悪くて、イヤな人、といわれても、芸さえありゃいいってもんじゃないってこと、よくわかりました。人がよいばっかりで、いい俳優になれなかった人も、たくさんいるってことはわかるんだけれど、最終的に残るのは、大事なのは、その人の人間性なのね。芸は人なりってこと、昔からあったけれど、今度、それがはっきりわかったのでした。

これから、女優を続けていく上で、いや、そうでなくても、とにかく、人間的でありたい。偉大な俳優に逢って、私の考えの間違っていないことが、はっきりして、とてもうれしかったのです。そしてまた、創造的な仕事は命をかけてやらなきゃつまらない、ということもおそわりました。

そうそう、私がいない間、妊娠七カ月である、という噂が、週刊誌に出ました。こればかりは、どうして出たかナントモカントモ、私には、わからないんだけれど、まあ、どうしてもっていえば、私の着ていた服が、このブアッとした妊婦ルックみたいなのだったからかしら。

週刊誌が問いあわせてきて、むこうも、それが本当じゃないってこと、わかってきいてきているんですものね。私は、想像妊娠ていうのは、母親が、自分のお腹に子供ができたと、想像するものだけど、よその人がよその人のお腹のことを想像するのも、想像妊娠ていうんですか？　なんていったんだけど。

そのとき、哀しかったのは、記者の人が、「この頃、お父さんがいなくて子供を産むのが、流行ってますからね」といったこと。それが、私、ちょっと哀しくてね、あれは流行りもんなんですか？　っていったんだけど。

週刊誌の在り方、になると、また、話は長くなるけれど、「オトウサンガ居ナイデ子ドモヲ産ムノガ流行ッテイル」というい方がとても哀しい気がしてね。でも、そのとき、「そうだ、本当にまあ一年も仕事を休んだのなら、子供が一人、産めたかな」と思ったのでした。

子供といえば、子供のとき、私は、十人子供を産むと友だちに宣言しました。そして、「それ以上、産まれた子は、風船をつけて飛ばしてしまう」といって、みんなからケイベツされました。でも、いま、この東京に帰って汚ない空を見ていると、もし、子供がいたら、風船をつけて、どこかきれいな国へ飛ばしてやれたら、とさえ思います。

この恐ろしい文明の中で、自分も判らない明日に、子供の手をひいてむかっていくのはとても難しい。でも、やっぱり、自分の見られない未来を、自分の愛した人との間にできたものに、しっかり見てもらいたいとも、私は思っているのです。

おわりに

私の書いたものが、こんなふうにまとまって本になる、などと、私はニューヨークにいたとき、考えてもいませんでした。むしろ、毎月の締切りが迫るたびに、『花椿』の編集長の山田さんや、『話の特集』の矢崎さん、それから、『婦人公論』の森清さんなどを、心から恨んだくらいでした。でも、いまでは、心から感謝をしているのです。もし、書いていなかったら、小さい、いろいろの出来事は、もう片っぱしから忘れてしまっているでしょう。そして、ニューヨークでの生活を、こうやって、まとめて読んでみると、この一年、仕事を休んで、一人で外国で暮してみて、やっぱりよかったのだ、と思えてくるのです。

恐ろしい事件にぶつからなかったことも、有難いことでした。

日本に帰ってから、ニューヨークのいろんなニュースを新聞で読んだりすると、まるで、そこいら中で、のべつ殺人がおこなわれ、あっちこっちで、ピストルをぶっぱなす人がいて、警官は、みんなワイロを貰って、街の中は麻薬患者でいっぱい……というような印象を受けて、「まあ、こわい。こんなところにいたのかしら」と思いますが、実

際に住んでいたときは、一度も、そういう事件を見なかったし、私の身近に、そういう目にあった人も、いませんでした。

それに、ニューヨークは恐ろしい、といっても、昼日中、銀座の真ん中で、いきなり痴漢に乱暴される、なんてことが、まずないのと同じように、ニューヨークのどこもかしこも、恐ろしい、というわけでもないから、やたら心配することもないのです。ただ、場所とか、時間によっては、想像もつかない危険なことが起こり得る、という街であることは、悲しいけれど事実です。そして、年々、その危険度が高まってきているのも本当です。

私は、長く住んでいるかたがたから「自分だけは大丈夫」という考えが一番あぶない、と教わったので、なるべく冒険をしないように心がけました。それと、確かに運もよかったのだと思っています。また、人種的差別をされたこともなかったし、エコノミック・アニマルと苛められたこともなく、本当に、みなさんに悪いくらい、呑気に、楽しく、長い間の夢だった「道草」ができたのです。

でも、これは、たくさんのみなさんの親切や、愛情、それから寛容や理解のあったお陰です。この場をお借りして、お礼を申し上げます。それから、この本の中の写真を撮ってくださったエリオット・エリソフォンさん、また、ニューヨークで活躍中の日本人キャメラマン・青野義一さん、そして、通りすがりに、シャッターを押して、私を撮ってくださった、見ず知らずの大勢のアメリカのみなさんにも、お礼をいいたいと思います。また、新婚早々、装幀・レイアウトをやってくださった和田誠さん、写真えらびを手伝ってくださった永六輔さん、こういう、いろんなかたのご親切でできあがったのがこの本です。

そして、いま、また、親切なあなたに読んでいただけて、こんなにうれしいことはありません。

みなさまのご多幸を心から祈りながら……。

一九七三年盛夏　黒柳徹子

●文庫新装版おわりに●

この本は、『窓ぎわのトットちゃん』より前に書いた、私の初エッセイ集です。

今回、新装版を出すことになって、校正のために久しぶりに読み直しました。そうね、今読んでもなかなか面白いなあと思いました（笑）。

NHKの専属女優からスタートして、フリーに転向して民放に出演するようになって、たくさんの仕事をしている間に十五年が瞬く間に過ぎました。ニューヨーク留学にまつわるいろいろな出来事や、この当時よく会っていた人たちのことは、もちろん忘れているわけではないけれど、もう相当昔のことだから頻繁に思い出すようなことではなくて。だから、とっても懐かしい気持ちになって、「ああ、そうだなあ。こんなことあったなあ」なんて思いながら読みました。当時、一緒に仕事したお友達のことや、野際陽子さんや池内淳子さん、山岡久乃さん、そういう仲のよかったお友達のことを思い出したりしながらね。

当時はまだインターネットもなかったから、今と違って外国に関する情報が少なかったし、みんなそう簡単には外国に行けなかったし、ましてや留学なんか行かなかった時代。だから、私が仕事をお休みしてまで留学に行くことを決めた時、周りの人にわかってもらえるか心配でした。

「一年ちょっとニューヨークに行ってこようと思うんですけど」って言ったらね、沢村貞子さんは「言っておいで、楽しんでおいでよ。一年はいいけど、帰ってきて仕事を続けたいなら二年は長いと思う」って言いました。それから山岡久乃さんは「私たちは、家族やいろんなことがあって身軽じゃないから行かれないけど、あなたは身軽なんだから行って、ゆっくりしてらっしゃい」って言ってくれたし、森光子さんは「お小遣い足りなくなったらいつでも言ってね、私送るから」って。みんなそんな風に、すごく優しく送り出してくれたもんだから、芸能界っていい人多いんだなあなんて思いました。

留学する前、私はテレビと並行してミュージカルの舞台にたくさん出演していました。当時、ミュージカルの演出や振り付けはニューヨークのブロードウェイの人が担当してくださることが多かった。本文にも書きましたが、『風と共に去りぬ』をミュージカル化した帝国劇場の舞台『スカーレット』に出演した時に、作曲家のハロルド・ローム夫妻と親しくなって、とっても可愛がってもらって、私はロームさんの奥さんのフローレンスを「(ニューヨークの)お母さん」って呼んでいたの。『スカーレット』で夫妻は三カ月も日本に滞在していて、その間、一緒にご飯を食べたり、観光に出かけたり、帝劇で毎日会っていたから、通りかかったお寺だとか神社だとかでお参りの仕方を教えてあげたり。日本のことを知ってもらいたくて、いろんな説明をしたものでした。

お母さんにも本当の娘さんと息子さんがいたんだけど、娘さんはもう家を出ていたし、息子さんは日本に来ていて、子供たちから手が離れていたからか「お母さんになったげるから、ニューヨークに来ない?」って誘われて留学を決めたんです。

お母さんの家から歩いて五分くらいのところに住まいも見つけてもらって、アパートメントも決まりました。お母さんたちは、入口にドアボーイさんが何人もいる五番街の一番いいところにあるお家に住んでいたの。もちろん、普通はいきなり行っても入れてもらえないんだけど、私はしょっちゅう行って顔見知りになっていたから、ボーイさんも気さくに「どうぞどうぞ。今フローレンスさん、お部屋にいますよ!」なんて教えてくれたりして。ちょくちょく行ってはご飯を食べさせてもらっていました。

お母さんのところに寄れない日は、今日これから何を観に行くとか、どこへ行って誰に会うとか、電話でその日の予定を報告していました。本当の親と変わらないですよね。ありがたいんだけど、たまにはちょっとめんどくさいっていうかね（笑）。

お母さん夫婦とは、私が日本に戻ってからも、交流は随分と長い間続きました。お母さんに会いに何度もニューヨークに行ったし、お母さんたちも夫婦で日本に遊びに来てくれました。

お母さんは八十六歳で亡くなったんですけど、その少し前に、もしかしたら具合が良くないのかもしれないと感じた時があって、ほんの二、三日だけどニューヨークに会いに行ったんです。お母さんは「日本の娘が来てくれたから、もう思い残すことがない」なんて笑って、とても喜んでくれました。

ニューヨークでのたくさんの出会い

留学中はお母さんたちのおかげもあって、思わぬたくさんの出会いがありました。お母さん夫婦と一番仲のいい友達だったのが、ミュージカル『王様と私』や『サウンド・オブ・ミュージック』を作曲した作曲家のリチャード・ロジャース。リチャードの家にもしょっちゅう遊びに行っていました。彼って一見すごく普通の人なんだけど、やっている仕事は本当に天才で、天才って実は普通の人なんだなあってことを発見しました。

憧れのキャサリン・ヘップバーンにはココ・シャネルの舞台を見に行ったときに少しだけ楽屋で会えましたし、チャップリンにも偶然だけど会えました。

あとは、アンディ・ウォーホール。「友達だったの」って言ったら、私の友人も驚いていたんだけど、ウォーホールも私のお友達の家によく来ていたの。イサム・ノグチさんにもしょっちゅう会っていましたね。みんな人間的にいい人が多かった。ウォーホールはいい人ってより、とってもお茶目な人だったかな。

ニューヨークに行ってよかったのは、そういう日本にいたら会えなかったようなすぐれた人に、たくさん会えたこと。憧れの外国に行く時には、向こうにいい知り合いがいると、やっぱり得ることが多いものです。ビックリするような方にまで会えたのは、運のいい巡り合わせでした。

でも、もしかしたらそれよりもニューヨークに行ってよかったかもしれないことがあって。本にも書いたけれど、どういうわけかニューヨークのセントラル・パークには、お婆さんがズラッと並んで、ただ何にもせずにベンチにすわっていてね。そこの前を通ろうってもんなら、私が東洋人だから珍しいのか、たくさんのお婆さんが一斉にこっちをジロッて見たりして（笑）。生きるのって大変だなぁー、とも発見しました。あのお婆さんたちのように、公園のベンチに何もしないでただすわっていると、太陽のあたたかい光がポカポカ当たってね。何事もなくのんきな感じがして、とっても良い心地でした。

あの時、本場のニューヨークで演劇の勉強をしたいと思って、思い切って留学を決めたけれど、理由はそれだけじゃなくて、働き出して十五年が瞬く間に過ぎ去ってしまったから、この辺で一回立ち止まって先のことも考えてみなければと思った。私はその時も舞台がとっても好きだったんですけど、これから私はいい舞台女優になることが果たしてできるんだろうか、って思ってたのね。

若い時ってやっぱり悩みが多くてね。こんな風でいいのか。もっと才能があればよかった。もっとキレイだったら。もう、それはいろんなことを考えてしまうものですよね。無いものを数えたり、人と自分を比べたりするのは、無意味なことだって今はわかるけれど、昔はわからなかった。

あの頃、レギュラー番組もたくさんあって、休みなくずっと動いていて、悩みはあってもそれをきちんと考える余裕がなくって目の前のことで精一杯。それで、思い切って仕事も生活も一度全部リセットして、日本からニューヨークに居場所を変えてみたんです。

そうして、セントラル・パークのベンチにお婆さんたちと並んですわってみたの。あたたかな日差しの匂い、頬を撫でる風、ざわざわっとしたおしゃべりや音。何とも言えない、そこに漂う雰囲気みたいなものっていうのかな。そういうものって、写真とか映像では決してわからないでしょう？　私は確かにそこにしかない風を感じながら、少し先の自分を考えることができたんです。

ニューヨークにいた一年間は、私にとって何だったのかなあ、何かの役に立ったのかなあって、日本に戻ってしばらくしてからも考えました。そして、何十年も経った今になって、そのことをもう一度考えてみても、やっぱりあの時ニューヨークに行ってよかった、とてもいい経験だったなって、心からそう思います。

Instagramでも「いいね!」をもらったニューヨークの写真

この本にはニューヨーク留学の時の写真もたくさん載っています。

この中の、母(本当の)からもらったアンティークの赤い振袖姿で五番街に立っている写真やアパートメントのキッチンでお皿を洗っている写真(チューブトップ姿は今見ると裸みたいだけど、当時はこういう格好が流行っていたの)、ニューオーリンズで買った「誰でもグラマーになれるシャツ」を着た写真をInstagram にあげてみたら、たくさんの人が「いいね!」をくださいました。みなさんは私のことを「随分長いことテレビに出ている人だな〜」って見ているでしょうけど、そんな私にもこういう若い時があったんだなあって、ちょっと面白く感じたのかもしれませんね。

この本の写真はとても懐かしいものばかりで、写真を見てそれまで完全に忘れてしまっていた、いくつものことを思い出しました。

この間、仕事でわたあめを買うロケがあって、「そういえばニューヨークでもわたあめを食べたけど、あれはどこで食べたんだっけ?」って思っていたの。ロケが終わって家に帰って、校正をしようと『チャックより愛をこめて』の単行本のカバーを見たら、私、カバーの写真でわたあめ食べてるじゃない！（笑）それで思い出したんだけど、あの写真はニューヨークのうちの近所でお祭りがあって、そこで大きいわたあめを食べた時のものでね。街のあちこちに食べ物の屋台が出ていて、にぎやかな音楽が聞こえてね、お祭りもわたあめも日本のとあんまり変わらないなあって感じたことを思い出しました。

それから、カバーのエアメールは、私がニューヨークから送ったものなんです。単行本のデザインを和田誠さんにお願いした時に、ニューヨーク関係の写真やメモや手紙なんかをバーッとお渡ししたの。その中から和田さんがこのエアメールを見つけ出して、ステキにコラージュしてくださったことを思い出しました。誰に出した手紙だったのかまでは思い出せないけど、とても気に入っています。

二〇一八年十一月　　黒柳徹子

初出
単行本　一九七三年九月　文藝春秋刊
文庫　一九七九年二月　文春文庫
＊新装版刊行にあたり、加筆・修正の上、
「文庫新装版おわりに」を新しく収録しました。

『船頭小唄』
作詞　野口雨情　作曲　中山晋平

本書の無断複写は著作権法上での例外を除き禁じられています。
また、私的使用以外のいかなる電子的複製行為も一切認められておりません。

文春文庫

チャックより愛(あい)をこめて

定価はカバーに表示してあります

2019年1月10日　新装版第1刷
2024年5月25日　第2刷

著　者　黒柳徹子(くろやなぎてつこ)
発行者　大沼貴之
発行所　株式会社　文藝春秋

東京都千代田区紀尾井町3-23　〒102-8008
TEL 03・3265・1211㈹
文藝春秋ホームページ　http://www.bunshun.co.jp

落丁、乱丁本は、お手数ですが小社製作部宛お送り下さい。送料小社負担でお取替致します。

印刷製本・TOPPAN

Printed in Japan
ISBN978-4-16-791217-8